살갗 아래

Beneath the Skin

살갗 아래
Beneath the Skin

토머스 린치 외 지음 | 김소정 옮김

세상에서 가장 아름다운
몸에 관한 에세이

아날로그

피부 · 크리스티나 패터슨 방송인, 칼럼니스트
"피부는 28일에 한 번씩 새로 태어난다.
　적어도 한 달에 한 번은 새로운 내가 된다는 뜻이다."

폐 · 달지트 나그라 시인
"나는 폐가 천상의 특성, 즉 아주 섬세하면서도
　온화한 방식으로 이 세상에 존재한다는 사실이 좋았다."

맹장 · 네드 보먼 소설가, 저널리스트
"맹장을 생각할 때면, 시대에 맞지 않은
　개척자의 비극적인 모습이 떠오른다."

귀 · 패트릭 맥기네스 비평가, 소설가, 시인
"내 귀는 언제나 정신을 바짝 차리고 활짝 열린 채로
　결코 잠드는 법이 없다."

피 · 카요 칭고니이 시인

"내가 나로서 존재하는 한 그 고통이 내가 느끼는
전부가 되지는 않게 하려고 노력하고 있다."

담낭 · 마크 레이븐힐 오페라 대본작가, 배우

"수술 전이었다면 내 몸의 모든 부분은 나 자신으로 존재하기 위한 필수
요소라고 대답했겠지만, 솔직히 지금은 떼어버린 담낭이 조금도 그립
지 않다."

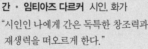

간 · 임티아즈 다르커 시인, 화가

"시인인 나에게 간은 독특한 창조력과
재생력을 떠오르게 한다."

창자 · 나오미 앨더먼 소설가, 게임 디자이너

"입과 항문, 그리고 그 사이에 있는 창자는
아름다움을 부패로, 군침 도는 식욕을 구역질로 바꾸어버린다."

코 · A. L. 케네디 소설가

"코는 상스럽고 추잡한(심지어 속수무책으로 섹시한) 온갖 것들과
관계가 있어서 우리는 그 앙갚음으로 코를 보며 비웃는다."

눈 · 아비 커티스 소설가, 시인

"눈은 우리를 둘러싼 세상과 연결해주지만,
아주 묘한 외로움을 드러내는 기관이기도 하다."

콩팥 · 애니 프로이트 시인, 예술가

"고운 막에 감싸여 있는 콩팥은 마치 액체 같아 보였다.
이렇게 무기력한 기관이 어떻게 그 많은 놀라운 일을
해내는 것일까?"

갑상샘 · 키분두 오누조 소설가

"갑상샘 이야기를 하는 사람이 거의 대부분 여자인 이유는
그것이 쉽게 눈길을 끄는 곳에 있기 때문인지도 모른다."

대장 · 윌리엄 파인스 소설가

"이 세상에는 반드시 무언가 잘못되어야만
생각나는 것들이 있다."

뇌 · 필립 커 소설가

"전두엽 절제술은 한때 의학 치료계의
스카페이스였다."

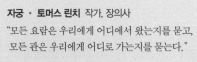 

자궁 · 토머스 린치 작가, 장의사

"모든 요람은 우리에게 어디에서 왔는지를 묻고,
모든 관은 우리에게 어디로 가는지를 묻는다."

일러두기

1. 이 책에 실린 글들은 영국 BBC 라디오 3에서 방송된 '몸에 관한 이야기(A Body of Essays)' 시리즈를 모아 엮은 것이다.
2. 작은 괄호 안의 부연 설명은 모두 옮긴이 주다.
3. 각 장의 작가 소개는 원서를 따르되 최신 정보를 덧붙여 작성했다.
4. 단행본은 『』, 시는 「」, 신문과 잡지는《》, 영화와 노래 제목은 〈 〉 기호로 표시했다.

몸, 내 영토의 전부

사람은 몸을 가진 존재다. 몸은 피부를 경계로 안과 밖으로 나뉜다. 안쪽에는 뼈와 근육, 피, 장기, 세포 등이 있고, 바깥쪽은 '나'라는 형상으로서의 물질인 몸이 있다. 몸과 나는 분리될 수 없다. 우리는 몸으로 살아가며 가끔은 영혼의 일탈이나 해방을 꿈꾼다. 하지만 영혼은 몸을 벗어나 존재할 수 없다. 물고기가 물을 벗어나 살 수 없는 것과 같다. 사람들은 때로 몸이 곧 자신이라는 사실을 믿지 못하는 것처럼 보인다.

어느 날 카페에서, 사람들이 꼭 자기 몸처럼 생겼다는 걸 깨달았다. 걸음걸이, 서 있는 자세, 표정, 몸의 곡선, 목 어깨 골반 무릎을 통과하는 몸의 정렬 상태, 살집, 근육의 분포, 체취, 머리카락의 색과 굵기, 눈빛, 낯빛, 몸의 기운 까지! 여기까지가 그 사람이다. 몸을 둘러싼 에너지가 곧 그의 성정이나 형질을 반영한다. 겉만 봐서는 사람을 알 수 없다고 하지만, 과연 그럴까? 나는 "표면이 곧 심연이 다"라고 한, 니체의 의견에 동의한다.

몸은 인간이 느끼는 감정 신호를 받아 표시하는 '신호 등'이다. 화가 나거나 부끄러움을 느낄 때 뺨은 홍조로 물 든다. 몸은 쉽게 감정에 지배당한다. 슬픔이나 기쁨이 극 에 달할 때 몸은 눈에서 눈물을 내보낸다. 눈물은 방귀나 오줌, 똥처럼 자연스럽다. 몸은 감정 소모로 피로해진 상 태에서 벗어나려고, 감정의 불순물을 내보낸다. 그러니 눈물은 찌꺼기로서 '감정의 오줌'이다. 몸은 자기 안의 찌 꺼기를 내보내며 스스로 정화한다. 몸의 신호를 더 살펴보자. 불안할 때 몸은 근육을 수축시킨다. 구부정한 자세로 땀을 흘리게 한다. 평온할 때 몸의 근육은 말랑하고 이완된다. 긴장을 하거나 위기감이 엄습할 때 몸은 주먹을 쥐게 하고 침을 마르게 한다. 몸은 좋아하는 대상을 향해 기울어진다. 미간이 펴지고, 눈꼬리는 내려가고 입술 끝은 올라간다. 미소를 짓거나 웃음을 내보내는 것이다. 사랑에 빠지면 몸은 그 어느 때보다 탄력이 생기고 빛난다. 향일성인 나무가 빛을 향해 반응하듯 몸은 상대를 향해 뻗어나가려 한다. 이렇게 몸은 감정을 수신하고, 표출하며 반응한다.

내가 스물한 살 때, 아버지는 방바닥에 엎드려 죽고 싶다고 말했다. 고작 마흔다섯이었다. 아직 성한 몸에게 '죽는 일'이란 얼마나 어려운 일인지, 당시에 우리는 몰랐다. 아버지는 머지않아 죽음에 성공할 수 있을 거라 믿었고, 나 역시 아버지의 몸에 죽음이 집행되리라 여기며 슬퍼했다. 사랑했기 때문이다. 가까운 사람이 죽음을 염원

할 때, 죽음의 수단으로 알코올을 선택할 때 일어나는 일은 진부하고 끔찍하다. 아버지는 한결같이 죽음을 원했고 정확히 십년 뒤에 성공했다.

십년 동안, 아버지의 몸을 통해 여러 가지를 배웠다. 인간의 슬픔이 '감히' 몸을 지배하려 할 때, 노화와 질병과 자포자기가 합작하여 어떤 일을 벌일 수 있는지 배웠다. 아버지의 몸은 지방간에서 시작해 간경화로, 당뇨로, 고혈압으로, 피부변이로, 간성혼수로… 여러 단계를 거쳐 순차적으로 망가졌다. 쌩쌩하던 몸은 십년의 노력—그렇다, 노력이다—으로 무너졌다. 그 기간 동안 나는 보호자로서, 병원을 드나들었다. 나는 보았다. 의사가 아버지의 복수 찬 배에 주사기를 찔러 넣어 물을 빼내던 모습. 알코올로 몸이 급격히 '산성화'되어 아버지의 의식이 사라지던 모습. 환청과 환각에 시달려 소리를 지르고 벽을 두드리며 살려달라고 비명을 지르던 모습. 여러 번의 혼수상태. 여러 번의 중환자실행. 폐쇄병동과 요양원과 응급실행. 새벽의 앰뷸런스, 욕설과 눈물과 비명.

　이 중심에 '몸'이 있었다. 몸은 그 속에서 괴로워하고 죽고 싶어했지만, 사실 살고 싶어했다. 놀라운 건, 이 지난한 시간 속에서 아버지의 몸이 틈틈이 회복했다는 점이다. 회복과 퇴원, 다시 악화되기를 반복하며 아버지의 몸은 줄기차게 살고 싶어했다. 기회를 갖고 싶어했다. 나는 죽는 일의 어려움을 회복하려는 몸의 속성, 몸의 의지를 보며 알았다. '시간을 들여' 죽기까지, 몸은 절대로! 삶을 포기하지 않는다.

　마지막 침대에서, 아버지의 입과 항문에서 검은 피가 쏟아져 나오던 풍경을 보았다. 무언가 불에 타는 냄새가 났다. 몸의 항복 선언. 삶을 움켜쥐고 있던 몸이, 쥔 것을 풀어내고 있었다. 세상의 어떤 모습보다 쓸쓸한 풍경이었다. 나는 참담함 속에서 생각했다. 끝이구나. 이것이 몸의 최후야. 이것을 모조리 기억하고, 글로 쓰는 것. 그게 내 일이야. 대부분의 작가들처럼, 나는 독했다.

　염을 할 때 그의 얼굴과 머리카락, 손과 발을 쓰다듬었다. 그건 아버지의 몸에게 고하는 작별의식이었다. 아버지가 죽은 뒤 꽤 오랫동안, 그의 휴대전화로 전화를 걸어보았다. 믿을 수 없어서 그랬다. 죽음은 몸의 사라짐, 그 이상도 이하도 아니다. 그는 약했고, 마음이 여린 사람이 종종 그러하듯, 사람에게 상처를 줬다. 아플 때 맘껏 아플 수 있는 사람은 어리거나, 이기적인 사람들뿐이다. 착한 사람들은 아프지 않으려고 애를 쓴다. 착한 사람들은 아프지 않기 위해 노력한다.

　몸은 내게 언제나 화두다. 몸의 건강, 운동성, 아름다움, 생식, 비틀림, 노화, 죽음, 사라짐은 끝내 신비하다. 몸을 이루는 요소들, 시적인 움직임과 독창성에 대해 기록하고 싶다. 가령 이런 생각들을 문장으로 만들어보며, 시간을 보낼 수도 있다.

주름:

자주 숨는다. 없는 듯 있다, 무방비 상태로 드러난다. 갓난아기와 노인에게 많다. 주로 감정의 선로를 따라, 활발하게 움직인다. 당신이 울 때, 혹은 웃을 때 눈가에 생기는 작은 선들. 나는 매번 그 가느다란 선에 걸려 넘어진다. 없었던 주름이 하나씩 생겨나는 것을 보면, 몸이 내 영토의 전부라는 확신이 든다.

배꼽:

우리가 타인의 가지(몸체)에서 떨어져 나온 열매라는 증거. 사과에게도 배에게도 인간에게도, 배꼽이 있다. 어떤 아이는 이곳에서 아이가 태어나는 줄로 믿는다. 신비하고 어둑한, 세상에서 가장 작은 동굴.

질:

좁고 구불구불하고 축축한 통로. 소중한 것들이 밖에서부터 안으로, 때로 안에서부터 밖으로 지나간다. '지나간다'는 건, 이 길이 무엇도 영원히 머물게 할 수 없는 길이라는 뜻이다.

이마 :

근심 상영관. 평온할 땐 아무것도, 아무것도 비추지 않는다.

위 :

구멍 뚫린 곳간. 영영 채울 수 없는 마음 같은 것. 꽉 차면 탈이 나는 것. 움직이지 않으면 심각해지는 것. 지금까지 내가 먹은 모든 것을 알고 있는, 유일한 주머니.

좋은 작가들은 무언가를 써야 할 때 자기 이야기에서 시작한다. 하나마나한 이야기를 쓰지 않는다. 이 책에 실린 작가들의 글처럼. 책을 읽다보면, 그들이 관찰하고 겪은 몸의 이야기가 곧 우리의 이야기란 걸 알 수 있다. '피부, 폐, 맹장, 귀, 피, 담낭, 간, 창자, 코, 눈, 콩팥, 갑상샘,

대장, 뇌, 자궁'으로 이어지는 책의 차례를 보고, 나는 읽기 전부터 전율했다. 과장이 아니다. 열다섯 명의 작가들이 몸을 이루는 기관 하나씩을 정해서 쓴, 내밀하고 시적인 이야기를 어떻게 좋아하지 않을 수 있단 말인가!

책을 읽으며 '상상력과 관찰'이 이해의 시작이라는 것을 배웠다. 한 편 한 편의 글이 '매혹'으로 읽히는 이유는, 사실보다 진실 편에 서서 이야기를 풀어낸 작가들의 태도 덕일 것이다. 이 책을 통해 당신은 자기 몸과 더 깊은 대화를 할 수 있게 될 것이다.

시인 박연준

사람들은 자기 몸에 관해
얼마나 자주, 깊이 생각할까?

"우리는 신체 부위 각각의 조합이지만,
그와 동시에 자신의 살 속에서
홀로 분투하는 독립 개체다."

마이클 헤퍼난Michael heffernan은 자신의 시 「그것을 칭송하여In Praise of It」에서 "몸을 갖는다는 것은 비통함을 배우는 일"이라고 했다. 이 시가 실린 헤퍼난의 첫 시선집은 국제적으로 유명하지 않은 시인이 쓴 아주 얇은 시집들이 거의 그렇듯 다섯 개 대륙에서 모두 외면받고 말았지만, 그럼에도 시인이 우연히 발견해 시로 표현해놓은 저 말은 사실이었다.

우리 안에 깃든 갈망, 슬픔, 기쁨은 오직 몸 안에만 머문다. 마음이 부서지면, 흉골 아래에 처박히고 심막 안에 갇힌 우리의 심장은 약강격의 박자로 쿵쾅거리며 뛴다. 뼈는 우리가 같은 종의 다른 개체를 받아들이기 위해 열망하거나, 과거의 상처와 오래된 손상, 오래전에 패배했거나 이겼거나 멈추게 하려고 싸운 투쟁의 잔해를 느끼는 곳이다. 그리고 결국 죽을 수밖에 없는 운명을 타고난 우리는 암, 심장마비, 심근경색, 동맥류, 색전 같은 원인으로 우리 몸의 일부를 통해서만 소멸할 수 있다. 우리 인간은 몸의 서로 다른 부위와 양상들이 연결되고 녹아 들어가고 불가사의한 구성 요소들 간의 협력이 작용함으로써 구체화되고 유형화된 생물 종이다.

단언하지만 우리의 말조차도 살이 된다.

우리는 신체 부위 각각의 조합이지만, 그와 동시에 자신의 살 속에서 홀로 분투하는 독립 개체이기도 하다. 미국의 가수 루던 웨인라이트Loudon Wainwright는 아들 루퍼스를 위해 지은 새로운 세기를 맞는 노래 〈원 맨 가이One

Man Guy〉에서 "3세제곱피트의 뼈와 피와 살은 내가 사랑하고 아는 전부"라고 노래한다.

　이 책은 작가 열다섯 명이 인간이라는 존재를 조금 더 쉽게 이해할 수 있도록 몸을 구성하는 부분들을 고찰하고 써 내려간 열다섯 편의 글을 모아 엮은 것이다. 내장과 두뇌의 어떤 특성이 우리를 우리 자신이게 만드는 걸까? 제대로 기능하지 못하는 심장 판막이나 발이 안쪽을 향해 휘어져 굳어버린 내반족, 암에 걸린 방광, 툭 불거져 나온 광대뼈가 우리 자신이라는 풍성한 이야기를 만들어주는 것일까? 진실은 그저 추측만 할 수 있을 뿐이다. 어머니의 눈, 아버지의 이마 선이 우리를 만들까? 아니면 주근깨, 다리, 심장병이 우리를 만드는 것일까? 우리가 지금의 우리가 된 이유를 밝힐 수 있는 사람이 과연 있기는 할까?

　이 책에서 열다섯 명의 작가들은 자기 자신을 이루는 부분들을 이해하면 우리가 처한 모든 곤경과 상황을 조금은 더 잘 알 수도 있다는 희망을 품고, 더 큰 동물과 몇 몇 그보다 작은 동물이 우리와 함께 공유하고 있는 체계들, 다시 말해 내장과 폐 그리고 담낭이나 피부 같은 유력한 용의자들의 목록을 만들어 살펴보았다.

트위터에 맹렬하게 글을 올린 사람이 그 다음 날에는 똑같은 신체 기관을 이용해 라흐마니노프의 피아노 협주곡 2번을 연주할 수 있는 까닭은 무엇일까? 심장은 사랑과 열망, 슬픔과 사별을 나타낼 때 으레 사용하는 은유가 되었다. 그러면 과연 뇌하수체에는 어떤 상징을 붙여줄 수 있을까? 장이 용기를 품고 있는 장소라면, 소뇌는 영혼이 머무는 곳일까? 그렇다면 소장의 첫 부분인 십이지장(샘창자)은 무엇을 품고 있는 장소인지 궁금하지 않은가? 이런 궁금함은 어원에 관한 관심을 불러일으키기도 한다. 십이지장duodenum은 '열둘 씩'이라는 뜻의 중세 라틴어 '뒤데니duodeni'에서 유래한 단어다. 이는 작은창자에 관해서는 분명히 길이가 중요했음을 의미한다. 실제로 십이지장의 길이는 손가락 열두 개를 옆으로 늘어놓은 길이와 거의 비슷하다.

우리는 전체이자 부분으로서, 한 종류의 일원이자 하나의 종류다. 부분은 전체의 본질에 관해 어느 정도 드러내 보여준다. 그렇기에 의사와 해부학자만큼이나 작가와 독자도 인간이라는 존재를 이해하고, 고뇌를 치밀하게 보여주는 부분을 이해하고 싶다는 열망을 품을 수 있다.

현대 에세이 문학의 아버지인 미셸 드 몽테뉴는 자신이 속한 생물 종을 이해해보기 위해 스스로 그럴듯하다고 생각한 실험 방법과 측정 방법을 제시하며, 「회개에 대하여Of repentance」에서 자신의 믿음대로 "남자는 누구나 성인 남자의 형태를 갖추고 있다"라고 했다. 자신의 서재에서 몽테뉴는 자기 몸을, 감각과 자신의 몸이 내는 소리를, 자신이 배출하는 기체와 식욕을, 열정과 욕망을 연구했다.

이 책에서도 그와 같은 마음으로 각각의 신체 부위를 고찰함으로써 인간이라는 지적인 동물을 이해하고, 인간을 들여다봄으로써 인간성을 이해하려는 시도로서 잡다하지만 조금은 중요한 글들을 모아보았다. 열다섯 편의 개성 넘치는 이야기가 독자들을 살갗 아래, 그 경이로운 세상으로 안내할 것이다.

작가들을 대표해서,

토머스 린치

차례

피부

Skin

크리스티나 패터슨 Christina Patterson

작가이자 방송인, 칼럼니스트. 《가디언》과 《선데이 타임스》 등에 사회, 문화, 정치, 도서, 예술 관련 글을 기고하고 있다. 2018년에 *The Art of Not Falling Apart*를 출간했다.

Skin
피부

삶이 피부에 남긴 상흔, 그 속의 아름다움을 보라

흉터가 남더라도 피부는 상처를 낫게 한다. 하지만 복숭아 같은 뺨은 더는 남지 않을 수도 있다. 더 많은 생을 살아갈수록 피부는 복숭아와는 거리가 멀어진다. 더 오래 살아갈수록 이 세상과 당신을 가르는 이 탄력적인 장벽은 당신이 싸우고, 결국 이겨낸 전투의 흔적을 드러내 보여준다. 우리는 그런 상흔들 속의 아름다움을 볼 수 있어야 한다.

"정말이지, 복숭아 같구나." 아빠는 내 뺨을 토닥이며 말했다. 나와 세상을 가르는 막에 관해 조금이라도 생각해보게 된 건 그때가 처음이었다.

손가락에 묻은 아이스크림을 핥거나 모래 위를 까치발로 걷거나 정강이에 찰랑찰랑 와 닿는 물을 느낄 때면 기분이 좋아진다는 건 알고 있었다. 유치원에서 경사로를 맹렬하게 달려가다가 차가운 금속 모서리에 얼굴을 세게 박았을 때는 매끈하던 얼굴에 갑자기 깊은 상처가 생긴다는 사실도 알게 되었다. 내 얼굴에 붙였던 반창고를 떼면서 엄마는 숨을 가쁘게 들이마셨다. 엄마는 내 얼굴에 흉터가 남지 않기를 바랐지만, 흉터는 남았고 지금도 있다. 하지만 나는 이 일이 있었을 때나, 가시철망에 걸려 찢어진 무릎에 갈색 딱지가 앉을 때, 그리고 벽돌에 맞은 팔꿈치가 흰색에서 얼룩덜룩한 자주색으로 바뀔 때도 안과 밖을 나누는 이 막에 관해서는 생각해본 적이 없었다.

나중에는 수영장에서 옮아 사마귀라는 것이 난 적도 있었다. 그 말은 곧 그것을 태워서 없애는 특별한 병원에 가야 한다는 의미였다. 쐐기풀에 쏠리거나 파도를 잡으려다가 만지면 안 되는 해파리를 만지는 바람에 그 부위가 부풀어 오른 적도 있었다. 긁히고 베이고 쏘인 경험도 셀 수 없이 많았다. 하지만 아빠가 내 뺨을 토닥이며 복숭아 같다고 말했을 때야 비로소 나는 아빠가 아름답다고 생각하는 것을 내가 가지고 있다는 사실을, 그 아름다운 것을 '피부'라고 부른다는 사실을 깨달았다.

그때까지만 해도 나는 아이의 피부가 어른의 피부와는 다르다는 사실을 알지 못했다. 아이의 피부 밑에는 지방 조직이 더 많고 표피층도 더 두꺼워 어른의 피부보다 부드럽고 더 매끈하다는 사실을 알지 못했다. 나는 어째서 어른들이 솜털이 난 부드럽고 매끄러운 피부 때문에 기쁘기도 하고 슬프기도 한 것인지, 그 이유를 이해하지 못했다. 아이의 피부는 어른의 심장을 환희로 뛰게 할 수도 있고 보호해주고 싶다는 충동을 느끼게도 하지만 공포에 사로잡히게도 한다. 어렸을 때는 어른들이 '순수하다'라고 말하는 무언가가 자신에게 있다는 것을 알지 못하며 삶이 그 순수함을 반드시 앗아간다는 사실도 알지 못한다.

어릴 때는 생기 넘치는 젊은 피부가 아름답게 보이는 이유가 젊음이 아름다운 것으로 여겨지고, 아름다운 것은 소중하다고 생각하기 때문임을 이해하기 어렵다. 하지만 추한 것이 그렇지 않다는 것만은 배운다. 예를 들어 성서에 나오는 나환자(한센병 환자) 이야기를 들어보았을 것이다. 메시아가 나환자를 만지며 '깨끗해져라' 하고 말하자 기뻐서 소리를 질렀던 사람 이야기 말이다. 메시아가 나환자에게 '깨끗해져라'라고 말한 이유는 나병(한센병)에 걸린 사람은 피부에 부스럼이 나고 손가락과 발가락이 변형되어 사람들이 더럽다고 생각한다는 사실을 알기 때문이다. 나환자는 다른 사람들과 격리되어 살아가야 했

고, 돌아다닐 때는 다른 사람들에게 자신이 다가간다는
사실을 경고하도록 종을 울리며 다녔던 때도 있었다.

성서 이야기를 들어본 적이 있는 사람은 욥의 이야기
도 들어본 적이 있을 것이다. 욥은 신의 시험을 받은 사람
이다. 신은 악마에게 욥의 가축도, 낙타도, 당나귀도, 양도
죽여도 좋다고 했다. 신은 악마에게 욥의 아들과 딸을 죽
여도 좋다고 했고, 온몸에 종기가 나게 해도 좋다고 했다.
종기 때문에 욥은 가장 친한 세 친구도 알아보지 못할 정
도로 외모가 끔찍하게 변했다. 욥을 본 친구들은 일주일
동안 말도 하지 못할 정도로 충격을 받았다.

성서의 이야기들은 피부 상태는 수치심을 느낄 수도
있는 무언가라는 암시를 준다. 그러고는 당신이 다른 사
람의 피부를 얼마나 절실히 만지고 싶은지, 당신 입술로
다른 사람의 입술을 얼마나 느끼고 싶은지 생각하기 시
작할 때, 혈관을 흐르는 호르몬이 그 무엇보다 간절하게
다른 사람의 벗은 몸에 자신의 벗은 몸을 대고 싶다는 생
각을 하게 할 때, 우리는 거울을 들여다보면서 자기 피부
에 생긴 얼룩을 찾는다.

운이 좋다면 찾아낸 얼룩은 여드름 몇 개밖에 안 될지

도 모른다. 하지만 어린아이였다가 이제 막 어린 시절을 벗어나려고 하는 누군가에게는 여드름조차 자신감을 잃게 하는 원인이 될 수 있다. 친구들은 모두 아주 멋진데 자신은 너무 뚱뚱하다거나 너무 말랐다거나 너무 크다거나 너무 작다는 걱정을 하고 있다면 얼굴이 온통 작은 고름으로 가득 차 있다고 생각하게 될 수도 있다. 사람들은 청소년기의 여드름을 재미있는 일로 치부한다. 책도, 영화도, 텔레비전 프로그램도 청소년의 여드름을 재밋거리로 다룬다. 하지만 그것 때문에 자신이 너무 추하게 느껴져서 집 밖으로 나가기 싫을 정도가 되면, 절대로 재미있다는 생각은 하지 못할 것이다.

청소년기가 지났는데도 여드름이 사라지지 않는다면, 그 또한 절대로 재미있지 않다. 내가 바로 그랬으니까 그 기분을 잘 안다. 나에게 여드름은 늘 충분히 나쁜 상태였지만 스물세 살이 되었을 때는 정말 얼굴에서 전쟁이 일어난 것만 같았다. 내 얼굴에서 일어난 일이 얼마나 끔찍했던지 피부과에 갔을 때 상담하던 의사가 학생들을 불러 모았고, 내 얼굴을 본 학생들은 입을 다물지 못했다. 그 의사는 내가 광화학치료PUVA를 받아야 한다고 했다. 그 말은 매일같이 병원에 가서 관처럼 생긴 금속 상자에 들어가 특별한 자외선 폭격을 받아야 한다는 뜻이었다. 몇 주가 지나자 자외선은 내 여드름 대부분을, 그리고 피부를 몇 겹 날려버렸다. 하지만 흉터는 어찌하지 못했다.

크고 노란 화농 부위로 성장하기를 기다리며 통통하고 아픈 붉은색 여드름에 덮여 온통 성이 나고 진물이 흐르고 화끈한 얼굴을 사이드미러에 비춰보며, 못 견딜 정도로 우울해질 때면 이보다 더 나쁠 수는 없다는 생각이 들었다. 하지만 내 여드름이 이 나라 제일의 여드름 전문의가 사례로 언급할 만큼 충분히 심각하다고 해도, 그건 피부에 일어날 수 있는 여러 가지 일 중에서 물에 발가락만 담근 정도일 뿐이라는 사실도 이제는 안다.

예를 들어 가이 병원Guy's Hospital에 있는 고든 박물관에 가면 비늘이나 혹, 덩어리에 덮여 있거나 뿔처럼 살이 크게 부풀어 있어서 전혀 얼굴이나 팔다리처럼은 보이지 않는 팔과 다리와 얼굴이 전시되어있다. 피부 돌출물 중에는 실제로 뿔도 있다. 박물관 큐레이터는 그 뿔을 '피각 cutaneous horn(피부뿔)'이라고 했다. 피각은 사실 '부드러운 조직'으로 이루어져 있다. 유리병 안에는 암종(상피조직으로 되어 있는 악성종양)과 흑색종, 도마뱀 피부처럼 보이는 사람의 피부가 들어있다. 여자 머리가 들어있는 유리병도

있다. 그 여인은 나이가 많은데도 아주 붉은 머리카락이
나 있다. 하지만 그 머리카락보다 더 놀라운 것은 이마에
나 있는 비늘이 덮인 큰 종양이다.

박물관에 모인 사례를 지나치게 많이 생각했다가는 어
쩌면 미쳐버릴 수도 있다. 예를 들어 사람이 아닌 다른 존
재의 발처럼 거대하게 부풀어 오른 발을 가진 남자도 있
다. 박물관 큐레이터는 그 발을 '참호발trench foot'이라고
했다. 하지만 제1차 세계대전을 묘사하는 모든 이야기와
시에 등장하는 참호발은 적어도 우리가 발이라고 생각할
수 있는 모양을 하고 있다. 또 하나의 다른 어깨나 등이
있는 것처럼 커다란 종양이 난 중국 환자들을 그린 그림
도 있다. 그 환자들은 마취도 하지 않고 수술을 해서 종양
을 잘라냈는데, 놀랍게도 모두 살아남았다.

그리고 아기들이 있다. '할리퀸 아기harlequin baby'라고
부른다. '할리퀸(어릿광대)'이라는 말 때문에 익살스러운
아기들을 떠올릴지도 모르지만, 유리병 안에서 웅크리고
있는 아기들을 보면 절대로 웃을 수 없을 것이다. 갈라지
고 부서진 피부를 덮고 있는 다이아몬드 같은 비늘을 보
면 그 아기를 낳은, 아주 잠깐 아기를 품에 안아보았을 엄
마의 심정을 생각해보지 않을 수가 없다.

내가 비록 피부과 전문의들을 계속해서 찾아다니고 계속해서 새로운 로션을 쓰고, 의사들이 생각할 수 있는 모든 약을 먹었어도 피부에 일어날 수 있는 끔찍한 일을 모두 알 수는 없다. 하지만 피부가 어떻게 작동하는지에 관해서는 많은 것을 알았다. 나는 『여드름 치료The Acne Cure』, 『슈퍼 스킨Super Skin』, 『여드름: 맑은 피부를 위한 충고Acne: Advice on Clearing your Skin』라는 책도 샀다. 『여드름』 1장의 첫 줄에는 이런 말이 적혀 있다. "여드름은 우리가 아직 연구해야 하는 피부 질환이다."

이 말은 여드름은 아직 치료법을 찾지 못한 질환이라는 뜻이다. 이 책에는 피부의 구조를 보여주는 그림이 실려있는데, 그 그림대로라면 우리 피부는 가장 바깥쪽에서 보호막처럼 작용하는 거친 '각질층', 각질층으로 이동할 세포를 만드는 '표피층', 혈관과 신경이 있는 '진피층'의 세 층으로 이루어져 있다. 이 책에는 "표피세포는 표피의 기저부에서 만들어져 가장 위쪽으로 올라가 각질세포가 되는데, 기저부에서 바깥층으로 올라가는 데 걸리는 시간은 28일이다"라고 적혀 있다. 다시 말해 피부는 28일에 한 번씩 새로 태어난다는 뜻이다. 적어도 한 달에 한 번은 새로운 피부, 새로운 내가 된다는 뜻이다.

문제는 피부 트러블을 고작 한 달 만에 없앨 수는 없다는 데 있다. 나를 치료하는 피부과 의사는 여드름치료 지원단체ASG를 만들었다. 한 달 만에 사라질 질환 때문에 지원단체를 만들 리는 없다. 내가 산 또 다른 책『피부 질환과 함께 사는 법 배우기Learning to Live with Skin Disorders』는 피부가 벗겨지고 떨어져 나갈 때 해야 할 일은 약통을 열어 알약 한 알을 먹는 것이라고 말하지는 않는다. 많은 사람이 평생 피부 트러블로 고생한다. 여섯 살 때부터 건선을 앓은 소설가 존 업다이크John Updike는 "내가 왜 그렇게 어릴 때 결혼했느냐고? 그건 내 피부를 문제 삼지 않는 어여쁜 여인을 만났기 때문이지. 그녀를 잃으면 도저히 다른 사람을 찾을 자신이 없었어"라고 했다. 업다이크의 책『자의식Self-Consciousness』에 실린「내 피부와 전쟁 중인At War With My Skin」이라는 글에 나오는 구절이다.

하지만 과학은 발전했다. 예를 들어 줄기세포와 재생의학 센터의 생물학자들은 우리의 피부 세포가 환경에 어떻게 반응하는지, 줄기세포가 어떤 역할을 할 수 있는지 등을 연구하고 있다. 피부, 표피층, 모공, 피지선에는 모두 줄기세포가 있다. 상처가 나면 줄기세포는 보통 때라면 하지 않는 일을 하기 시작한다. 실제로 줄기세포가 우리를 구원할 수도 있다. 피부에 문제를 안고 있는 사람 중 그 구원을 마다할 사람이 있을까?

피부와 치르는 전쟁에서 이기려면 무엇이 필요할까? 나는 모르겠다. 어쩌면 시간만이 약일 수도 있다. 하지만 수년 동안 온갖 실패한 치료를 하고 동종요법, 자연요법, 침술요법, 약초요법 등을 받으러 돌아다니면서 알게 된 사실이 하나 있다. 피부는 우리가 할 수 없는 말을 대신할 때가 많다는 것이다. 우리가 슬프고 화나고 절망스럽고 외로울 때면 피부는 부글부글 끓고 아프고 허물어진다. 대개는 정확한 원인이 무엇인지 모른다. 어쩌면 거의 대부분 모를 수도 있다. 아는 것이라고는 우리가 인생을 살아가게 하는 것들—일, 가족, 집, 정신—이 피부를 스멀거리게 만든다는 것뿐이다.

마음이 실제로 피부에 영향을 미칠 수 있다는 사실을 믿지 못하겠다면 한 연구를 살펴보자. 접촉성 피부염을 연구하던 일본의 과학자들이 실험 참가자들에게 해롭지 않은 잎을 만지게 한 다음 그들이 만진 것이 독성이 있는 옻나무라고 말했다. 그러자 참가자들은 실제 아무 해가 없는 잎을 만졌음에도 옻나무를 만진 것 같은 반응을 보였다. 사랑하는 사람이 죽자 온몸에 발진이 났다는 사례를 보고하는 연구 결과도 많다. 정신분석가 대리언 리더 Darian Leader는 "피부 질환은 상징적인 증상일 때가 많지만 조직이 바뀌는 변화를 수반한다"라고 했다. 자신의 책 『우리는 왜 아플까Why Do People Get Ill?』에서 리더는 마치 채찍에 맞은 것처럼 부풀어 오르는 발진이 돋는 젊은 군인의 사례를 들었다. 그는 아홉 살 때 창문으로 여학생 기숙사를 들여다보다가 채찍으로 맞았다. 발진은 10년 뒤에 그가 주둔지에 있는 간호사 숙소 바깥쪽에서 어슬렁거릴 때 발생했다. 그 군인은 그때 어떤 간호사를 보려고 그곳에 갔는데, 한 장교가 군인을 멈춰 세우더니 그곳에서 나가라고 했다. 그리고 한 시간도 되지 않아 그 젊은 군인의 온몸에 채찍처럼 생긴 발진이 돋았다.

피부는 바깥세상에서 우리를 보호하도록 설계되어 있다. 하지만 만족할 만큼 두껍지 않다고 느낄 때가 많은 건 당연한 일이다. 우리는 여분의 피부가 더 필요하며, 우리 안에서 평온해지고 싶다고 말한다. 우리는 우리의 슬픔이, 공포가 얼굴 밖으로 드러나는 걸 원치 않는다.

어쩌면 기적은, 대부분의 경우에 피부가 그런 감정을 드러내지 않는다는 것일 수도 있다. 대부분의 경우 우리 몸의 기관 중에서 가장 큰 비율을 차지하고 있는 이 기관은 대개는 발진이나 진물이 흐르는 염증으로 뒤덮여 있지 않다. 대체로 피부는 설계된 대로 제대로 작동한다. 피부는 모든 것을 하나로 묶는다. 우리 몸이 생존할 수 있도록 적당한 체온을 유지할 수 있게 해준다. 필요할 때면 늘어나기도 하고 줄어들기도 한다. 위험에서 보호해주고 고통을 느낄 때 경고해준다. 햇볕의 따스함을 느끼게 해주고 사랑하는 이의 손길에 전율할 수 있게 해준다.

해가 뜨고 지고 달이 차고 기울고 계절이 바뀌는 것처럼 피부도 새로운 세포를 쏟아낸다. 우리 삶에 무슨 일이 일어나든지 피부는 계속해서 새로운 세포를 만들어 내고 상처 입으면 낫는다. 흉터가 남더라도 피부는 상처를 낫게 하지만, 복숭아 같은 뺨은 더는 남지 않을 수도 있다. 더 많은 생을 살아갈수록 피부는 복숭아와는 거리가 멀어진다. 더 오래 살아갈수록 이 세상과 당신을 가르는 이 탄력적인 장벽은 당신이 싸우고, 결국 이겨낸 전투의 흔적을 드러내 보여준다. 우리는 그런 상흔들 속의 아름다움을 볼 수 있어야 한다.

폐

Lungs

달지트 나그라 Daljit Nagra

영국 BBC 라디오 4의 첫 초빙시인. 시집 *Look We Have Coming to Dover!*(2007)로 포워드 포에트리상을 받았다.

Lungs
폐

일상의 고됨을 내뱉고 아름다움을 다시 채우는 일

나에게는 시를 읽으면서 시에 흠뻑 빠져드는 행위가 일상의 고됨을 버리고 다시 아름다움을 채울 수 있게 도와주는 교환 시스템이다. 시의 호흡은 리듬이라는 형태로 우리 폐에 자극을 준다. 나는 단숨에 감각의 단위를, 즉 시의 한 행을 암송하고 잠시 쉬면서 숨을 들이마신 뒤에 다음 행을 암송하는 독자를 상상한다.

천식으로 고생하는 5백만 영국인 중 한 사람으로서 나는 당연히 내 폐에 관심이 많으며, 아주 어렸을 때부터 숨 쉰다는 행위를 극도로 민감하게 의식하며 살아왔다. 아주 어렸을 때부터 나는 천식이 나를 공격하고 있다는 두려움에 떨며 살았고, 얼마 전에는 심지어 이렇게 발전한 세상에서도 영국에서만 천식으로 매일 세 명이 죽는다는 사실을 알고 엄청난 충격을 받았다.

천식은 아주 오랜 옛날부터 역사에 등장한다. 천식을 질병으로 가장 먼저 언급한 사람은 지금으로부터 2,500년도 전에 그리스에서 살았던 의학자 히포크라테스다. 천식 치료법은 믿을 수 없을 정도로 더딘 속도로 발전해왔다. 천식으로 고생하는 사람들의 고통을 크게 덜어줄 방법이 발전하기 시작한 것은 1960년대부터다. 나는 1970년대 초반부터 천식 치료를 받았는데, 그때부터 지금까지 천식 치료약은 크게 세 번에 걸쳐 바뀌었다.

아주 어렸을 때는 매일 총알처럼 생긴 흰색 좌약을 항문에 집어넣는 수모를 견뎌야 했다. 다행히 1970년대 중반이 되자 좌약은 흡입기 치료로 대체되었다. 흡입기는 홈이 파인 둥근 기구에 캡슐을 끼워 넣고 입으로 흡입구를 빨아 천식 약을 흡수하는 방식으로, 흡입구를 빨 때는 흡입기에 파인 홈 때문에 쌕쌕거리는 소리가 났다. 이 흡입기는 내 친구들을 깜짝 놀라게 하는 신나는 장난감 역할을 톡톡히 했다.

그러다 천식을 완화할 수 있는 훨씬 즐거운 친구가 등장했다. 벤토린 흡입액이 개발된 것이다. 흡입기에 넣은 벤토린을 한 모금만 빨면 아드레날린이 내 기관지를 확장했고 나는 조금 멍한 상태에 빠져들었다. 10대 시절, 나는 거의 벤토린 중독자로 살았다. 침실에 들어가면 침대에 등을 기대고 앉아 허공을 보면서 느긋하게 벤토린을 흡입했다. 벤토린을 충분히 많이 흡입하면 눈앞에서 별이 보였다. 흡입기는 천식 환자들의 삶을 바꾸어주었다. 언제나 수축해 있을 수밖에 없는 기도가 흡입 한 번이면 다시 열려 폐 속으로 공기를 가득 집어넣을 수 있다는 것을 알게 해주며 우리에게 평온을 선사했다.

하지만 내가 직접 투여할 수 있는 나이가 되기 전까지 이 서양 약품을 사용할 기회가 많지는 않았다. 펀자브 출신인 내 부모님은 영어를 하지 못해서 의사와 이야기를 나눌 수 없었고 처방전에 적힌 지시 사항을 읽을 수도 없었기에 내가 받은 처방전은 더욱더 이해할 수 없었다. 더구나 그분들은 서양 의학보다는 동양 전통 의학으로 내 천식을 치료하고 싶어했다. 내 천식에 관한 가장 오래된 기억은 내가 다섯 살인가 여섯 살 때의 일이다. 그때 부모님은 이 고약한 병을 치료하겠다며 셀 수도 없이 많은 신앙 치료사들을 찾아다녔다. 우리 집안은 대대로 남자다움을 내세운 농업 가문이었고, 엎친 데 덮친 격으로 아버지는 레슬링 챔피언이었다. 그런 집안에서 나처럼 약해

빠진 녀석이 태어나다니, 있을 수 없는 일이었다.

우리 집안은 시크교도여서 내 천식을 치료한 치료사들도 주황색 가운에 긴 수염을 기르고 터번을 두른 시크교 치료사들이었다. 이 사람들이 치료를 하는 장소는 콘서트홀이나 교회 위층, 강둑처럼 아주 다양했고 치료 장소만큼이나 처방도 다양했다. 한 달 동안 검은 닭을 우린 수프를 매일 두 번씩 먹으라는 사람도 있었고 인도의 한 도시인 암리차르의 황금사원에 가서 신성한 강에 머리를 담그라는 사람도 있었다. 내가 전생의 죄를 짊어지고 태어나 천식에 걸렸으니 매일 한 시간마다 속죄의 기도문을 외워야 한다고 근엄하게 선언한 사람도 있었다.

내 기억에 가장 선명하게 남은 사람은 내 양쪽 귀를 뚫어 걸어두라며 면실을 두 가닥 준 사람이다. 그때 나는 다섯 살쯤이었는데 검은색 면실로 만든 귀걸이를 걸고 다녀야 했다. 하지만 이 귀걸이의 영험함은 그리 오래 가지 않아서 며칠 지나지 않아 천식의 공격을 다시 받을 수밖에 없었다. 지금도 내 양쪽 귀에는 천식을 치료하려고 뚫었던 부분이 조그맣게 뭉쳐서 도톰해진 채로 남아있다.

이들 신앙 치료사의 묘약과 주술은 아무런 효과가 없

었기에 나는 그 영적인 세상에 대해 어떤 감흥도 받을 수가 없었다. 성장하면서 나는 부모님의 전통이나 신앙과는 점점 멀어지고 말았는데, 어쩌면 어린 시절에 나를 괴롭혔던 그런 기억들 때문에 더 거리를 두게 된 것은 아닌가 하는 생각이 든다.

어쨌거나 나는 종교의 주술이 아니라 시가 가진 주술적인 힘을 믿는 사람이 되었다. 런던의 가이스 병원에서 폐에 관해 알아보며 서성이다가 나는 내가 가장 좋아하는 시인 가운데 한 명인 존 키츠John Keats를 실물 크기로 만든 아름다운 청동 동상을 발견했다. 키츠는 1821년에 불과 스물다섯 살의 나이로 폐결핵에 걸려 죽기 전까지 런던 가이스 병원에서 의사가 될 준비를 하고 있었다. 폐결핵은 폐가 끔찍하게 감염되어 걸리는 질병이다.

내가 가이스 병원에 간 이유는 '유니버시티 칼리지 런던'의 호흡기내과 및 알레르기 전문의인 더글러스 로빈슨Douglas Robinson 교수와 함께 폐에 관한 나의 지식을 상당히 넓혀준 두 병리학자(이안 프록터Ian Proctor와 일레인 보그Elaine Borg)를 만나 폐를 들여다보기 위해서였다. 로빈슨 교수는 폐는 흉곽이 확장하고 가로막이 아래로 움직이면서 폐에 생긴 진공 속으로 공기가 들어가면 산소는 흡수하고 이산화탄소는 내뱉는 방식으로 기능한다고 설명했다. 공기를 흡수하거나 내뱉는 과정에서 폐는 아무 소리도 내지 않기 때문에 우리에게는 폐가 활동하고 있다는 것을 느낄 방법이 없다. 나는 폐가 천상의 특성을 지니고 있다는 사실이 마음에 들었다. 아주 섬세하면서도 온화한 방식으로 이 세상에 존재한다는 사실이 상당히 좋았다. 폐는 놀라울 정도로 가볍다는 사실을 말해주면서 이안 프록터의 눈은 자연스럽게 위를 쳐다보았는데, 내 눈에는 그가 마치 몸에서 벗어나 하늘로 자유롭게 올라가는 폐를 보고 있는 것처럼 보였다.

두 병리학자를 만나고 돌아온 뒤에 나는 폐를 뜻하는 영어 lung이 독일어로 '가볍다'를 뜻하는 말에서 유래한 고대 영어일 수도 있음을 깨달았다. 오래전부터 폐가 '가벼운 기관'이라는 사실을 알고 있었던 것이다. 폐는 탄력 있고 매우 가볍지만 놀라울 정도로 강력하다. 자르려고 해도 칼이 잘 들지 않는데, 수백만 개의 공기주머니가 연골에 둘러싸여 계속 열려있기 때문이다. 폐를 이루는 모든 공기주머니를 쫙 펼쳐놓으면 테니스장 하나를 덮을 정도로 넓게 퍼진다. 하지만 이런 거대한 기관은 우리를 전혀 짓누르지 않는다. 완벽하게 기능하며 혈액이 돌고 있을 때 폐의 전체 무게는 빵 한 덩어리 무게인 800그램 정도다.

공기가 가득 차 있을 때 양쪽 폐의 부피는 각각 축구공만 해지고, 목의 아랫부분부터 거의 허리에 닿을 정도까지 공기를 채울 수 있는 능력이 있다. 폐활량이 늘어나면 혈액이 산소를 빠르게 전달해 우리 기관과 근육이 훨씬 효과적으로 활동할 수 있기 때문에 몸의 능률이 높아진다. 운동선수, 가수, 관악기 연주자 들이 좋은 결과를 내기 위해서는 보통 사람보다 월등하게 뛰어난 폐활량이 필수 조건이다. 확실히 수영선수와 백파이프 연주자는 폐활량 대회에서 높은 순위를 차지할 것이다. 평범한 사람의 폐활량은 6리터이지만 올림픽 수영선수 마이클 펠프스Michael Phelps의 폐활량은 그보다 두 배 많은 12리터다. 하지만 그런 펠프스도 폐활량이 5,000리터나 되는 큰흰수염고래를 따라잡으려면 수많은 대양을 지나 한참을 헤엄치고 또 헤엄쳐야 한다.

런던에 있는 고든 병리학 박물관에는 의과생이 참고할 수 있는 수많은 표본이 전시되어있다. 박물관은 그 자체로 장기와 신체 부위가 선반들 위에 줄지어 늘어선 통로가 있는 거대한 텅 빈 골짜기로, 각 장기는 밀봉되어 번호를 매긴 단지 안에 얌전히 놓여있다. 그곳에서 나는 폐 표본을 몇 개 보았는데, 제각각 놀라울 정도로 다양한 색을 띠고 있었다. 가장 색이 연하고 깨끗한 폐는 시골 사람의 폐라고 했다. 도시 사람의 폐에는 검은 점이 박혀 있었다. 폐는 그 사람이 숨 쉬는 곳의 환경을 흡수한다. 당연히 흡연자나 암이나 폐결핵을 앓은 사람의 폐는 일반 사람들의 폐와는 사뭇 달랐다. 이 사람들의 폐는 아주 시커멓고 폐 일부가 사라진 경우도 있었다.

병에 걸리고 감염된 폐를 보고 있자니 다시 키츠가, 그리고 폐결핵으로 이른 나이에 죽어야 했던 그의 비극이 떠올랐다. 이 세상에서 비견할 만한 시가 거의 없는 그의 아름다운 '송가Odes'들은 지금은 키츠 생가 박물관이 된 햄스테드의 집에서 1819년에 몇 개월에 걸쳐 써 내려간 작품들이다. 그때 키츠는 햄스테드 히스 공원으로 자주 산책을 하러 가서 깨끗한 공기를 마시며 오염된 공기에 둘러싸인 도시를 내려다보았다.

지금도 햄스테드 히스 공원은 '런던의 폐'라는 명성을 얻고 있다. 우리는 이 공원이 우리가 과도하게 내뱉고 있는 이산화탄소를 흡수하고 수백만 런던 사람을 위해 산소를 배출하는 모습을 상상할 수 있다. 거대한 도시 가운데 이런 거대한 폐를 가지고 있는 도시가 얼마나 될까를 생각해보다가 즉시 맨해튼을 떠올렸다. 공중에서 보면 맨해튼 섬에는 광대한 센트럴 파크가 녹색 지대를 길게 형성하고 있음을 알 수 있다. 센트럴 파크는 모든 뉴욕 시민이 언제라도 찾아갈 수 있는 곳에 있으면서 공원에서 만든 산소를 복잡한 격자무늬로 짜인 도로 구석구석으로 퍼트리는 역할을 한다.

　나는 시인으로서 시는 그 시의 풍성함으로 읽는 사람이 제대로 숨을 쉴 수 있게 해주는 일시적인 호흡 장치 역할을 해준다는 생각을 할 때가 많다. 나에게는 시를 읽으면서 시에 흠뻑 빠져드는 행위가 일상의 고됨을 버리고 다시 아름다움을 채울 수 있게 도와주는 교환 시스템이다. 조금 더 역학적으로 표현해보자면 시의 호흡은 리듬이라는 형태로 우리 폐에 자극을 준다. 나는 단숨에 감각의 단위를, 즉, 시의 한 행을 암송하고 잠시 쉬면서 숨을 들이마신 뒤에 다음 행을 암송하는 독자를 상상한다. 심지어 나는 조용히 머릿속으로만 시를 암송할 때도 그처럼 한 행마다 쉬면서 숨을 쉬고 있음을 느낄 수 있다.

기분이 좋지 않을 때는 내 시를 교정하는 일도 쉽지 않은데, 시를 읽으면서 활기차게 숨을 쉬고 내뱉는 일은 정말로 엄청난 기력을 요구하기 때문이다. 나는 다시금 키츠라는 시인을, 그리고 그가 폐결핵으로 고생할 때조차도 그토록 활기차고 복잡한 구문을 구사하며 그토록 위대하고 폐의 힘이 가득 살아남은 생동감 넘치는 시를 쓸 정신력을 유지했다는 사실을 생각한다.

시를 쓸 때면 나는 독자들이 내 시 안에서 살아있다는 느낌을 받을 수 있도록 호흡을 조절하려고 애쓴다. 독자가 내 호흡과 같은 리듬으로 호흡하고 내가 호흡하는 시의 길이가 독자들의 시의 길이가 되고 자기 자신에게서 나와 시의 호흡이 이끄는 곳으로 여행을 떠나기를 바란다. 시인마다 호흡하는 방식이 모두 다르다. 밀턴의 『실낙원』처럼 동사가 뒤에 나오거나 긴 문장 속에서 짧은 절과 긴 절이 마구잡이로 섞여 강렬하고도 과도한 호흡이 요구되는 시를 읽을 때면 독자들은 호흡 곤란을 겪을 수도 있다. 하지만 한 단어로 한 문장을 완성하거나 아주 짧은 구를 활용하는 캐롤 앤 더피Carol Ann Duffy의 시를 읽을 때는 편안하게 숨을 쉴 수 있다.

영국인들에게 가장 친숙한 시형인 약강 5보격도 사실 5보격이 아니라는 주장은 늘 있었다. 가운데 있는 약한 운율을 기준으로 양쪽에 있는 강한 운율을 두 부분으로 나눠야 한다는 것이다. 예를 들어 셰익스피어의 소네트 가운데 한 작품의 1행을 살펴보자.

"그대를 여름날에 비유해도 될까요Shall I compare thee to a summer's day" 하는 이 행은 일정한 다섯 박자로 처음부터 끝까지 읽어도 되지만 가운데 부분에서 잠시 쉬어도 된다. "Shall I compare thee"까지를 강한 어조로 읽고 "to a"를 아주 약하게 읽으면서 다시 "Summer's day"를 강하게 읽는 것이다. 중간에 살짝 숨을 들이마셔서 마지막 두 단어에 생기를 불어넣어 호흡에 변화를 줄 수 있다.

감정의 상당 부분, 서정시의 분위기는 시구를 호흡하는 숨결 가운데 존재한다. 블랙 마운틴 시인 그룹(노스캐롤라이나의 블랙 마운틴 대학에 있던 찰스 올슨, 로버트 던컨, 로버트 크릴리 등을 중심으로《블랙 마운틴 리뷰》지에 실험적이고 혁신적인 시를 발표한 시인들)이던 찰스 올슨Charles Olson은 1950년대에 "시에서 가장 강력한 부분은 호흡이라는 압력을 조절하는 시인의 통제력 안에 있다"라고 했는데, 나는 '압력'이 가해져 시가 노래가 된다는 생각이 마음에 든다. 시는 함께 연주하는 타악기도 현악기도 없지만 언어라는 자신만의 풍부한 패턴을 가진 음악이기에 시인이 제대로 통제만 한다면 호흡이 압력을 가하는 음악이 되고, 독자들은 시가 가진 호흡이 내뱉고 들이마시는 박자를 느끼면서 시라는 음악 속으로 들어가게 된다.

따라서 나는 시가 '육체적인 사건'이라는 것을 새롭게 알게 되었다. 시는 독자들이 흉곽과 가로막에 관해 새로운 경험을 하게 만든다. 시는 흉곽 안으로 들어간 공기를 전율하게 해 폐가 침착하게도, 성급히 돌진하게도 만든다. 위대한 폴란드 시인 즈비그니에프 헤르베르트Zbigniew Herbert가 "시는 숨을 쉬기 위해 투쟁해야 한다"라고 말했을 때 이것이 그의 마음속 여러 생각 가운데 하나였을지도 모른다는 생각이 든다.

격동의 20세기 폴란드를 목격하면서 헤르베르트는 시를 짓는다는 행위는 사회와 정치가 드러내는 야만성 앞에서 생존하기 위한 노력이라고 생각했다. 완성된 시, 영원히 존재할 시, 숨결 같은 승리! 그럼으로써 마침내 산소와 이산화탄소를 교환하는 시스템 위로 시와 노래의 절망과 강인함, 그리고 기쁨이 올라탄다.

맹장

Appendix

네드 보먼 Ned Beauman

소설가이자 저널리스트. *Boxer, Beetle*로 데뷔했고, 맨부커상 후보에
오른 *The Teleportation Accident*(2012)와 *Madness is Better Than
Defeat*(2017) 등의 소설을 발표했다.

Appendix
맹장

쓸모없는 것이 한순간에 우리를 지옥으로 떨어뜨린다

애초에 나로서는 원하지도 않았고, 나를 위해 어떠한 일도 해준 적이 없는 이 기관이, 이 죽어있는 묵직하고 쓸모없는 소용돌이 같은 기관이, 내 인생에 끔찍한 영향력을 발휘하게 될 그 기관이 맞다면 그 터무니없음과 이유 없음, 부당함과 심술궂음은 이 우주가 그토록 많은 시간 동안 하고 있는 일들과 너무나도 잘 맞는다는 생각을 했다.

지난 몇 년 동안 나는 뉴욕에서 상당히 많은 시간을 보냈다. 표면적으로는 내 소설의 미국판 판매를 증진한다는 것이 이유였지만, 사실은 타코와 버번위스키를 먹기 위해서였다. 그곳에서 나는 다양한 분야에서 일하는 프리랜서와 예술가를 많이 만났는데, 그 사람들은 '오바마 케어'로 더 잘 알려진 '건강보험개혁법(저소득층까지 의료보장제도를 확대하는 법안)'을 자신이 구상한 '끔찍한 무언가'로

대체하려는 트럼프 대통령 때문에 상당히 불안해하고 있었다.

미국에서는 고용주가 직원들의 의료보험을 든다. 그래서 오바마케어 실시 전에는 고용주가 없고 노조에 가입되어있지 않은 사람들은 정부에서 운영하는 의료보험에 가입할 수 없었다. 다시 말해 브루클린에서 고군분투하는 소설가에게 의료보험 가입은 꿈도 꾸지 못할 일이었다. 미국 의료보험료는 지구에서 가장 비싸며 해마다 5퍼센트 정도 인상된다. 그 말은 그다지 심각하지 않은 병에 걸려서 병원에 가야 하더라도 보험이 없으면 파산할 수 있다는 뜻이다.

나는 미국 영주권자가 아니기에 오바마케어 대상자가 아니다. 그래서 미국에 머물 때는 여행자 보험을 들어야 한다. 하지만 나는 여행자 보험을 믿지 않는다. 작은 사고가 나서 보험 처리를 해야 할 때 보험업자에게 전화를 걸어 지금 처리하는 비용을 보상받을 수 있는지 물어봐도 확실한 대답을 들을 수 없는 경우가 대부분이기 때문이다. 위급 상황에서는 일단 있는 돈 없는 돈을 모두 끌어모아 병원비를 내고, 그 후에는 미처 읽지 못한 깨알처럼 작은 지급 조항 때문에 보험료를 받지 못하는 불상사가 생기지 않기만을 최선을 다해 신에게 비는 수밖에 없다.

나는 영국 납세자로서 암과 같은 병에 걸리면 곧바로 런던으로 날아가 국립건강의료보험의 품으로 쓰러지면 된다는 사실을 알기 때문에 안심할 수 있다. 하지만 비행기를 타지 못할 상황이 발생할 수도 있기에 뉴욕에서 생활할 때면 항상 다음과 같은 두 가지 신경병적인 공포를 느낀다. 하나는 택시가 나를 칠 수도 있다는 공포다. 그리고 또 하나는 어느 날 갑자기 맹장이 터져버릴 수도 있다는 공포다.

얼마 전까지만 해도 나는 맹장에 관해서라면 다음과 같은 확고한 몇 가지 생각을 가지고 있었다. 맹장은 사랑니나 몸소름, 꼬리뼈같이 특별한 기능이 없는 흔적 기관이다. 그리고 어느 순간, 아무 이유도 없이, 아무 경고도 없이 터질 수 있으니 옆구리에 극심한 통증이 느껴지면 곧바로 병원에 가야 한다. 만약 그 병원이 미국에 있다면 수술 후 눈을 떴을 때 침대 옆 은쟁반에 향수를 뿌린 봉투가 놓여 있을 것이고, 그 봉투에는 족히 10만 달러는 될 청구서가 들어있을 것이다.

그런데 이 에세이를 쓰면서 그 같은 확신이 모두 사실

이 아니라는 것을 알게 되었다. 어째서 사실이 아닌지는 앞서 나열한 확신과 반대 순서로 확인해보겠다.

첫 번째 오해는 금액에 관한 것이다. 미국에서 맹장 수술을 받은 뒤에 내야 하는 수술비는 평균 1만4,000달러(약 1,600만 원)라고 한다. 물론 엄청난 돈이지만 나를 공포에 몰아넣었던 원래 추정치와는 거리가 멀다. 도대체 왜 내가 10만 달러가 필요하다고 생각하게 되었는지는 잘 모르겠다. 또한 여행자 보험으로도 맹장 수술비는 보장받을 수 있는 것 같다. 아마도 언젠가는 여행자 보험이 맹장 수술비를 보장하는지에 대해 확실히 알게 될 테지만, 성인이 되어 얻는 지식의 대부분이 늘 그렇듯 아마도 알아야 할 시기를 조금 놓친 상태에서 알게 될 것이다. 내가 다시 맹장 수술을 받을 일은 없을 테니까. 물론 기적이 일어나 잘라낸 맹장이 다시 자라거나 원래부터 맹장이 세 개였다면 또다시 맹장 절제술을 받을 수도 있겠지만 말이다.

내가 아주 좋아하는 영화 가운데 〈공포의 보수〉라는 영화가 있다. 앙리 클루조 감독의 1953년 작품인데, 네 남자가 언제라도 폭발할 위험이 있는 니트로글리세린이 가득 든 트럭을 몰고 생존 확률이 50퍼센트밖에 되지 않음을 정확히 아는 상태로 남아메리카 산맥을 질주하는 장면이 나온다. 맹장에 관한 나의 두 번째 오해는 내 맹장이 바로 그런 위험한 트럭 같다고 생각한 것이다. 하지만 지금은 그렇지 않다는 사실을 잘 안다.

맹장은 뼈가 없는 손가락을 닮은 작은 주머니로 몸의 오른쪽 대장의 끝부분에 달려있는데, 폭탄처럼 한순간에 쾅 하고 터지지는 않는다. 점진적으로 염증이 생기는 '충수염(흔히 맹장염이라고 부르지만, 맹장 끝 충수돌기에 발생한 염증이므로 충수염이 옳은 표현이다)'은 실제로 독성이 있는 물질이 장으로 흐르는 '맹장 파열'과는 다르다. 맹장이 터질 때는 오래전부터 장이 부풀어 오르고 있다는 느낌이 들기 때문에 병원에 가서 치료받을 시간이 충분하다. 미생물에 감염되는 패혈증 때문에 죽지 않도록 실제로 심각한 조치를 해야 할 때도 있지만, 그저 항생제만 처방받고 수술은 하지 않아도 되는 경우도 있다.

아마도 이런 사실을 사람들은 대부분 알고 있는지도 모르지만 나는 아니었다. 아마도 남자의 동정童貞이 맹장을 더욱더 잘 설명하는 비유일지도 모르겠다. 10대 소년이었을 때 나는 가능한 한 빨리 첫경험을 해서 동정을 몸에서 떼버리지 않으면 내 동정이 계속해서 커지다 결국 다른 것들은 몸속에 들어올 수도 없게 되어 몹시 괴로워하다 죽게 되리라 생각했다. 어쩌면 이것이 적절한 건강보험에 가입만 되어있다면 시기를 놓친 수술을 엄청난 비용을 들여서 하지 않아도 되는, 언제라도 즉시 중요한 수술을 할 수 있는 미국인들에게 품고 있는 내 마음 깊숙한 곳의 질투를 설명해줄 프로이트적 근거일지도 모른다.

맹장에 관해 내가 품고 있던 세 번째 오해는, 맹장은 한물간 기술, 미국 남부식 표현을 적당히 쓴다면 '수퇘지의 젖꼭지' 같은 쓸모없는 부속품이라는 것이다. 우리는 대부분 맹장은 사람의 신체에서 아무 기능을 하지 않는다고 학교에서 배운다. 심지어 의과대학생들도 그렇게 배운다. 1980년대 의학 교과서에는 "맹장이 중요한 가장 큰 이유는 의료계 종사자들에게 돈을 벌게 해주는 데 있는 것 같다"라는 글이 적혀 있기까지 했다.

하지만 절대로 그렇지 않다. 내 아랫배에 니트로글리세린이 들어있다는 기분을 느끼면서 뉴욕 로어이스트사이드 주변을 조심스럽게 걸어 다닐 때는 내가 맹장을 변호할 날이 오게 되리라고는 전혀 생각하지 못했지만, 사실 맹장은 억울하게 모함을 받아온 기관이다. 그런 터무니없는 모함이 널리 퍼진 이유는 어쩌면 찰스 다윈의 권위에 대한 우리의 경외심과 관련 있을지도 모른다.

『인간의 유래The Descent of Man』에서 다윈은 강한 어조로 맹장에 붙어있는 벌레처럼 생긴 충수는 우리 조상이 하등 포유류였을 때 나뭇잎과 풀을 소화하는 데 사용했지만 지금은 '아무 쓸모없이 달고 있는 흔적(퇴화) 기관'이라고 설명했다. 지금도 진화론자들은 창조론자들과 논쟁을 벌일 때 툭하면 이 맹장을 예시로 꺼내 든다. 정말로 신이 인간의 몸을 만들었다면 어째서 과도한 병원비로 사람들을 힘들게 하는 것 말고는 딱히 하는 일 없이 빈둥거리는 이 조그마한 악당을 만들었는지 설명해보라고 요구하기 위해서다.

그런데 다윈이 죽고 20년쯤 지났을 때 의사들은 맹장에 림프조직이 가득 들어 있음을 발견했다. 스코틀랜드의 해부학자 리처드 J. A. 베리Richard J. A. Berry는 그 사실을 증거로 "사람의 맹장은…… 흔적만 남은 구조물이 아니다. 오히려 특수하게 분화된 소화관의 일부라고 보는 것이 옳다"라고 주장했다. 이 주장은 학교에서 잘못된 내용을 가르치기 훨씬 전인 1900년에 나왔다. 림프조직은 우리 면역 체계에서 아주 중요하므로 그 뒤로 많은 생물학자가 맹장이 어느 정도 면역 작용을 하고 있을지도 모른다는 추론을 하고 있다.

2007년, 노스캐롤라이나 듀크 대학교 윌리엄 파커 박사 연구팀은 마침내 맹장의 존재 이유를 입증하는 논문을 발표했다. 요즘에는 요구르트 광고 덕분에 우리 몸에 서식하는 박테리아 가운데는 아주 좋은 박테리아도 많으며, 심지어 건강을 위해서는 반드시 있어야만 하는 박테리아도 많다는 사실을 대부분 알고 있을 것이다. 사람의 창자에는 수백조 개가 넘는 미생물이 마이크로바이옴 Microbiome(미생물microbe과 생태계biome를 합친 말로 주로 장내 미생물을 가리킨다)이라는 이름으로 살아가고 있다.

심각한 설사를 유발하는 감염에 걸리면 우리 몸은 알수 없는 이유로 장에 서식하는 모든 세균을 한꺼번에 몸밖으로 내보내는 선택을 한다. 이렇게 하면 몸속의 나쁜 박테리아를 모두 몰아낼 수 있는데, 문제는 동시에 좋은 박테리아도 함께 내보낼 수밖에 없다는 것이다. 파커 박사는 이때 맹장이 홍수가 물러난 뒤에 좋은 박테리아들이 다시 번성할 수 있게 해주는 노아의 방주 같은 역할을 할 수도 있다고 설명했다. 맹장이 림프조직으로 가득 차 있는 이유가 바로 그 때문일 수 있다. 면역계가 맹장 안에 박테리아가 안심하고 들어가 있을 수 있는 바이오필름 biofilm(생물막)이라는 보호막을 만들어 두었을지도 모른다는 뜻이다.

파커 박사의 추론이 옳다면 맹장이 있는 사람은 맹장을 제거한 사람보다 심각한 장염에서 회복되는 속도가 빨라야 할 것이다. 하지만 선진국에서는 더 이상 콜레라에 걸리는 사람이 많지 않아 이런 추론을 입증하기가 쉽지 않다. 그런데 최근 뉴욕의 한 병원에서 항생제로 장내 모든 박테리아를 제거해버려야만 간신히 없앨 수 있는 지독한 장염균인 클로스트리듐 디피실균Clostridium difficile에 감염된 환자를 대상으로 연구를 진행했다. 이 연구에 따르면 맹장이 있는 환자에 비해 맹장을 제거한 환자는 장염이 재발할 위험이 4배가량 높았다. 파커 박사의 추론처럼 맹장이 없는 사람들은 다음 공격을 방어할 수 있는 마이크로바이옴을 빠른 속도로 재건할 방법이 없는 것이다.

파커 박사는 나에게 맹장에 관한 또 다른 흥미로운 이

야기를 들려주었다. 다윈 시대가 되기 전까지만 해도 '충수염'은 아주 드물게 존재하거나 아예 존재하지 않았던 질병이라고 했다. 고대 그리스와 로마의 의학 문서에는 현재 충수염이라고 알려진 질병 때문에 죽어가고 있다는 기록은 전혀 찾아볼 수가 없다. 심지어 지금도 아프리카나 남아메리카 대륙의 산업 시대 이전의 모습으로 살아가고 있는 사회에서는 충수염에 걸릴지도 모른다는 걱정을 하는 사람들은 없다. 그 이유를 확실하게 알 수는 없지만 파커 박사는 천식이나 알레르기처럼 충수염도 개발도상국에서는 그다지 발병 빈도가 높지 않은 현대인의 면역계 질환이라고 했다.

선진국에서는 어디에서나 뜨거운 물과 비누를 사용하며 상당히 멸균이 잘된 환경에서 살아간다. 그 결과 파커 박사의 표현을 빌려보자면, 선진국 사람들의 면역계는 잔뜩 지루해하는 10대 아이처럼 바뀌어버렸다. 아무 할 일이 없어 몹시 심심한 우리 면역계가 아무 이유 없이 맹장에 염증을 일으키는 장난을 치는 것이다.

개발도상국에서는 맹장의 위상이 선진국과는 사뭇 다르다. 맹장의 위상이 달라지는 이유는 두 가지가 있는데, 모두 위생과 관련이 있다. 무엇보다도 개발도상국에서는 장염 발생률이 높아서 모든 박테리아가 장에서 사라진 뒤에 다시 마이크로바이옴을 재건할 필요가 자주 있기 때문에 맹장이 선진국에서보다는 아주 유용하게 작용하는 기관일 수밖에 없다. 또 다른 이유는 개발도상국에서는 면역계가 지루할 틈이 거의 없기에 자기 자신을 죽이거나 자신을 파탄 낼 수도 있을 정도로 맹장을 부풀어 오르게 하는 장난을 칠 여유가 없다는 것이다.

의학계에는 '흔적 기관은 병에 걸리기 쉽다'는 말이 있는데, 이 말은 특히나 쓸모없는 맹장에 도덕적 비난을 가하는 말처럼 들린다. 하지만 개발도상국에서 맹장은 흔적 기관도 아니고 질병을 부르는 허약한 기관도 아니다. 오직 선진국에서만 맹장은 흔적 기관이 되거나 질병에 취약한 기관이 되거나 동시에 두 가지 오명을 다 뒤집어써야 한다. 그 때문인지 나는 맹장을 생각하면 시대에 맞지 않은 개척자라는 비극적인 모습이 떠오른다.

1996년에 마이클 베이 감독은 〈더 록〉이라는 액션 영화를 만들었다. 극 중에서 해병들은 조국을 위해 용감하게 싸웠지만 안일한 현대 사회는 그들의 희생에 경의를 표할 마음이 전혀 없다. 분노한 해병들은 알카트라즈섬에서 민간인을 인질로 잡고 요구 사항을 들어주지 않으면 샌프란시스코에 미사일을 발사하겠다고 경고한다. 깊이 생각해보면 〈분노의 보수〉나 내 '동정'보다는 〈더 록〉이 훨씬 더 그럴듯하게 맹장을 비유한다.

맹장이 파열되는 순간을 상상할 때마다 내가 떠올리는 설정은 느낌이 좋은 첫 데이트가 시작되기 20분 전에 맹장이 폭발하는 것이다. 하지만 그보다 훨씬 더 끔찍한 상황에서 맹장이 파열될 때가 있다. 1960년에 구소련에서 출발한 배가 남극의 쉴마허 오아시스Schirmacher Oasis에 새로운 기지를 건설하기 위해 남극 대륙으로 향했다. 기지를 건설하자 겨울이 되었고 바다는 온통 얼어붙었다. 몇 주 뒤에 레닌그라드 출신 의사였던 스물일곱 살 레오니드 이바노비치 로고조프Leonid Ivanovich Rogozov가 병에 걸렸다. 로고조프는 자신이 급성 충수염에 걸렸다는 것을 알았지만 기지에는 그를 수술해줄 사람이 아무도 없었다. 결국 로고조프는 국부 마취만 한 상태로 거의 두 시간 동안 직접 수술을 해야 했다. 자신의 흉강을 바로 들여다볼 수 없어서 거의 대부분을 손끝 감각에만 의지해 자신의 맹장을 떼어냈다. 수술이 끝난 뒤에도 로고조프는 살아남았고, 2주 안에 다시 업무에 복귀했다.

나는 레오니드 로고조프가 자신의 맹장이 하필이면 그의 인생에서 그때를 콕 집어서 반란을 일으킨 이유를 궁금해했으리라는 상상을 해본다. 그 뒤로는 로고조프가 소드의 법칙(어떤 일을 하려고 할 때 꼭 뜻하지 않은 것에 방해를 받는 경향이 있다는 법칙)이나 "대개 사물의 본성은 완고하다"라는 제롬 K. 제롬의 말을 믿게 되었을지도 모른다는 상상도 해본다. 나는 그런 법칙들을 믿기 때문에 내 맹장도 가장 수술비가 비싼 나라에서 가장 곤란한 순간에 산산조각이 날 수도 있다고 믿었다. 애초에 나로서는 원하지도 않았고, 나를 위해 어떠한 일도 해준 적이 없는 이 기관이, 이 죽어있는 묵직하고 쓸모없는 소용돌이 같은 기관이, 내 인생에 끔찍한 영향력을 발휘하게 될 그 기관이 맞다면 그 터무니없음과 이유 없음, 부당함과 심술궂음은 이 우주가 그토록 많은 시간 동안 하고 있는 일들과 너무나도 잘 맞는다는 생각을 했다.

하지만 이제 나는 맹장이 그저 흔적 기관이 아닌 것을 안다. 우리 몸을 구성하는 모든 기관처럼 맹장도 자기 일을 하는 아주 평범한 기관임을 알고 있으며, 살아가면서 충수염으로 고통받는 영국인은 전체 가운데 7퍼센트뿐이라는 아주 일상적인 통계 자료를 기꺼이 믿어보려고 한다. 그렇다. 맹장은 유물이자 골칫거리이다. 하지만 내가 언젠가는 반드시 죽을 몸이라고 자랑스럽게 부르는, 굼뜨고 벗겨져 떨어지고 불거지고 끊임없이 욱신거리는 모든 부분과 정확히 같은 정도일 뿐인, 나의 일부이기도 하다.

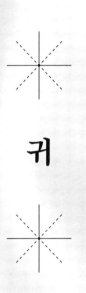

귀

Ear

패트릭 맥기네스 Patrick McGuinness

학자, 비평가, 소설가, 시인. *The Last Hundred Days* (2011)로 맨부커상 후보와 코스타 신인소설상 최종 후보에 올랐다. 최근작은 *Throw Me to the Wolves* (2019)다. 옥스퍼드 대학교에서 프랑스 비교문학을 가르치고 있다.

Ear
귀

언제나 열려 있으며 결코 잠들 수 없는

귀는 단순히 우리 몸 안이 아니라, 우리가 우리라고 부르는 모든 일이 일어나는 뇌로 들어가는 입구이자 문이자 현관이다. 귀는 항상 열려 있다. 귀에는 몸 안으로 들어오는 소리를 막을 차단 장치가 없기 때문이다. 심지어 인체의 모든 스위치가 꺼지는 엄청난 순간인 잠을 잘 때도 우리는 귀에 영향받을 수밖에 없다.

학창 시절, 문학에 등장하는 가장 유명한 귀를 처음 만났을 때 나에게는 무섭다는 감정과 이해하기 어렵다는 감정이 똑같은 강도로 느껴졌다. 그 귀는 『햄릿』에서 유령이 된 왕이 아들 앞에 나타나 자신이 죽게 된 이유를 말하는 장면에 등장한다. 왕의 유령은 햄릿에게 새로운 왕(클로디우스)이 공표한 이야기(선왕은 잠을 자는 동안 뱀에 물려 죽었다)는 거짓이라고 말하며 사실은 클로디우스가 자신의 귀에 독을 넣어 독살했다고 말한다.

> …… 네 숙부가
> 저주받은 독병을 들고 와
> 내 귓속에 사람의 혈액과는 상극인
> 나병을 일으키는
> 독을 들이부으니 그 독은
> 몸에 있는 모든 구멍과 문을 통해
> 수은처럼 순식간에 퍼져나갔도다

교실에서 나란히 앉아 있는 아이들은 수많은 귀를 보게 된다. 긴 시간을 들여 주의 깊게 친구들의 귀를 관찰하면 그 생김새는 제각각 다르지만 근본적으로는 동일하다는 사실을 알게 된다. 일반적으로 사람의 귀는 주름진 종이나 구겨진 방수포처럼 작은 뼈 위에 접혀 굵거나 가늘게 주름진 피부로 이루어져 있다. 가끔은 창문에 기대어 있거나 빛 가까이에 있는 아이의 귀를 빛이 통과하는 모습을 볼 수 있는데, 그럴 때면 빛을 발하는 라이스페이퍼처럼 얇고 투명한 피부밑으로 혈관이 뻗어있는 모습까지 확인할 수 있다.

아이들 대부분이 그렇듯이 어린 나의 귀에도 귀지가 아주 많았고, 그 때문에 감염될 때도 있었다. 귀는 평범하고 따분하고 시시하지만, 또 한편으로는 극도로 정교하고 아름답고 복잡하다. 내 귀는 학교 친구들이 손가락으로 가볍게 치거나 체육 시간이 끝난 뒤에 깨끗이 씻었는지 확인하려고 선생님이 뒤집어 보는 곳이었다. 하지만 바로 그 귀가 열두 살에는 자크 브렐Jacques Brel의 노래 〈날 떠나지 마Ne me quitte pas〉를 듣고 마음 깊은 곳에서 눈물을 쏟게 하기도 했다.

귀에 관해서라면 우리는 대부분 고막을 빼면 거의 아는 것이 없다. 그 이유는 아마도 고막은 면봉이 멈추는 곳(당연히 멈춰야 하는 곳)이기 때문인지도 모른다. 나는 언젠가 잘 나오지 않는 귀지를 빼내겠다고 면봉을 깊숙이 넣었다가 고막을 찢은 적이 있다. 그때 왠지 뇌 속까지 면봉을 깊이 찔러넣어 뇌가 귀 밖으로 나오는 것 같은 느낌에 비명을 질렀다. 그 고통은 그냥 고통이 아니었다. 나의 안과 밖을 가르는 장벽을 부숴버린 것만 같은 고통이었다.

귀 청소는 정말로 즐겁다. 예전에 사람들은 귀를 파는

즐거움을 누렸다. 이제는 직접 귀를 파면 안 된다는 충고를 듣고 있지만, 면봉을 조심스럽게 귓속으로 집어넣어 굳은 귀지를 찾아 이리저리 탐색하고 잼 병 가장자리에 남아 있는 마지막 잼을 스푼으로 긁어내기 위해 낑낑대는 것처럼 면봉을 이리저리 돌려가며 귀지를 파내는 즐거움을 누리는 사람이 나만은 아니리라고 생각한다. 귀에서 꺼낸 면봉에 귀지가 잔뜩 묻어있으면 정말로 이루 말할 수 없이 기쁘다. 그에 반해 들어갔던 그대로 깨끗하게 나온 면봉만큼 실망스러운 것도 없다. 호텔 관리인들도 그 사실을 아니까 목욕 모자, 반짇고리, 구두닦이, 면봉이라는 아주 희한한 조합의 꾸러미를 투숙객에게 제공하는 것이다. 결국 그 물건들을 다 쓰게 되는 휴가라면 어떤 휴가가 될까? 상상해보는 것만으로도 즐겁다.

자신이 독약 때문에 죽었다는 것을 밝히기 전에 햄릿의 아버지 유령은 "덴마크의 전체 귀가…… 고약하게도 학대받고 있구나"라고 말한다. 나라 전체가 자신의 죽음을 거짓으로 알고 있다는 뜻이다. 한 나라의 귀를 학대하는 행위는 어쩌면 가짜 뉴스의 초기 버전이 아닐까 싶다. 최근에 '가짜 뉴스'라는 새로운 이름을 얻기는 했지만, 그런 현상 자체는 예전부터 있었던 것이 아닐까?

셰익스피어의 작품 속에 등장하는 귀가 그토록 강력한 상징이 될 수 있는 이유는 귀가 내부 세계와 외부 세계를 생물학이나 해부학적으로만이 아니라 인지적으로나 영적으로 연결하는 방식에 있다. 귀는 단순히 우리 몸 안이 아니라, 우리가 우리라고 부르는 모든 일이 일어나는 뇌로 들어가는 입구이자 문이자 현관이다. 귀는 항상 열려 있다. 귀에는 몸 안으로 들어오는 소리를 막을 차단 장치가 없기 때문이다. 심지어 인체의 모든 스위치가 꺼지는 엄청난 순간(그러니까 죽음에 가장 가까운 상태가 되는 순간)인 잠을 잘 때도 우리는 귀에 영향받을 수밖에 없다.

우리는 어떤 과정을 거쳐 듣게 되는 것일까? 어쩌면 이 과정을 가장 잘 묘사하는 방법은 소리의 이야기, 혹은 소리가 하는 여행을 이야기해주는 것인지도 모르겠다. 왜냐하면 이야기는 여행이고, 외이·중이·내이라는 세 공간으로 이루어진 귀는 처음-중간-끝이라는 이야기를 구성하고 있기 때문이다.

나는 오스트리아 빈에 있는 베토벤의 집에 갔을 때부터 소리에 얽힌 이야기에 관심을 갖게 되었다. 베토벤의 피아노 옆에는 작곡할 때 그의 잃어버린 청력을 보조해 줄 확성기가 놓인 유리 상자가 있었다. 마치 국자처럼 생긴 그 확성기는 현대인의 눈에는 아주 조악하지만 그 조악한 기구 덕분에 인류는 많은 위대한 음악을 갖게 되었다. 영리하게도 확성기는 현대인이 쓰는 헤드폰처럼 금속 밴드로 머리에 고정할 수 있어 작곡가가 자유롭게 손을 쓸 수 있게 되어있다. 확성기 끝부분은 건반에 닿을 정도로 아주 길어 베토벤은 피아노를 치는 동안 음악 소리를 들을 수 있었다. 확성기는 우리 귀가 그렇듯이 소리가 깔때기처럼 좁은 공간을 통과하면서 증폭되어 "나의 세상은 소리로 이루어져 있는데, 그 세상에서 천천히 '추방' 되고 있다"라고 한 작곡가를 도와주었다.

소리의 여정에 관한 또 다른 이야기를 들어보려고 나는 UCL 이비인후과 병원 청각 및 평형감각 전문의 가다 알 말키Ghada Al-Malky 박사를 찾아갔다. 화려한 색으로 칠해진 커다란 귀 모형을 보여주면서 가다 박사는 『햄릿』에서 클로디우스가 잠자는 왕의 귀에 부은 독약이 어떤 과정을 거쳐 귀에서 목으로 내려갈 수 있었는지를 알려주었다. 마치 만화 그림처럼 생긴 그 커다란 플라스틱 모형을 보고 있으면 독약이 부드러운 조직들을 태우면서 어떻게 온몸에 '독을 퍼트렸는지'를 분명하게 알 수 있다. 가다 박사는 우리가 소리를 들을 수 있는 이유, 들은 소리를 해석할 수 있는 이유에 관해서도 설명해주었다.

우리 몸의 역사에서 청각은 말보다 먼저 완성된다. 사람의 귀는 수정이 일어나고 20주 정도 지나면 완전히 갖추어진다. 따라서 새로 태어날 아기는 세상으로 나오기 전부터도 바깥소리를 들을 수 있다. 우리는 뱃속 아기가 친절하고 사랑스러운 말만 듣기를, 의미를 이해할 수는 없어도 말하는 사람의 의도와 억양과 감정을 감지하고 평온해하기를 바란다. 그런데 실제로 태아의 작은 귀는 빛을 향해 깜빡이고 뚫어지게 쳐다볼 수 있는 눈이 생기기 훨씬 전부터 자기가 딸린 몸에서 위협하는 소리를, 비난하는 소리를, 모욕하는 소리를, 흐느끼는 소리를, 고함을 치는 소리를 듣는다. 태아는 의미를 알지는 못하지만, 소리가 하는 일은 안다.

눈은 감을 수 있어도 귀는 통제하기 어렵다. 소리를 차단하는 귀마개에서부터 300파운드나 하는 잡음 소거 이어폰에 이르기까지, 우리는 쉬지 않고 활동하는 귀를 막을 방법을 찾는다. 심지어 귀는 들을 것이 아무것도 없을 때도 들을 소리를 찾는다. 손으로 귀를 막으면 맥박이 뛰는 소리, 머릿속에서 피가 흘러가는 소리처럼 아주 친숙하지만 아주 멀리서 들려오는 것만 같은 우리 자신의 소리를 듣게 된다.

어린 시절, 귀에 대면 바닷소리를 들을 수 있다고 했던 고둥 껍데기를 생각해보라. 고둥 껍데기는 바다의 소리를 자기 안에 담아 구불구불하게 말려 있는 껍데기 속에서 그 소리를 재생하고 또 재생한다고 했다. '조개껍데기 같은 귀shell-like ear'라는 말처럼 우리 귀는 소라고둥, 쇠고둥, 경단고둥 같은 수많은 고둥 껍데기와 비교해 내부와 외부 구조가 몹시 닮았다. 아주 섬세하고 반투명한 껍데기 때문에 '아기의 귀the baby's ear'라고 불리는 조개도 있다. '아기의 귀'라니, 아주 귀여운 이름이지만 사실은 육식성 바다우렁이다.

귀는 장소다. 집이, 미로가, 궁전이 방과 복도와 통로로 가득 차 있는 장소인 것처럼 귀도 똑같다. 귀의 일부는 머리 바깥에 있고 일부는 머리 안쪽에 있으니 공적이기도 하고 사적이기도 한 장소다. 귀는 물과 비와 바람이 들어올 수 있게 허락해준다. 한편 귀는 아주 취약하기도 하다. 갑자기 귀 바로 옆에서 모깃소리가 들린다면 어떤 기분이

드는지 생각해보라. 뇌로 통하는 입구로 모기가 달려드는 것 같아 소스라치게 놀라게 되지 않나? 모기의 다음 목적지가 바로 우리의 뇌인 것처럼 말이다. 우리는 귀걸이와 장신구로 귀를 치장한다. 귀는 우리 눈에 보이며, 우리 눈에 보이는 것들은 모두 꾸밀 수 있다. 하지만 귀 안쪽에서 일어나는 일은 보지 못한다. 가다 박사는 나를 데리고 보이지 않는 곳으로 들어가 우리 몸의 가장 정교한 녹음실에서 일어나는 아주 복잡한 일들에 관해 알려주었다.

지금부터는 사람들에게 가장 익숙한 소리를 생각해보자. 이름 말이다. 우리를 매개하는 이 기이한 존재는 공적이기도 하고(세금 용지에, 은행 카드에, 급여 명세서에 적히니까) 사적이기도 하다(부모님이 우리에게 주었고, 우리 내면에 있으며, 그 이름으로 성장했으니까). 우리의 귀처럼 이름도 안쪽과 바깥쪽 모두를 향해 있다. 아주 번잡한 거리나 넓은 방의 건너편에서 자신의 이름이 들렸다는 상상을 해보자. 이름이 들려오는 순간, 즉시 고개를 돌려 자신을 부른 사람을 쳐다볼 것이다. 이것은 정말 단순한 행동이다. 누구라도 이름이 불리는 순간에는 고개를 돌려야 할지 말아야 할지 생각조차 하지 않는다. 다행히도 우리 몸이 매번 놀라서 지치지 않도록 반사적 반응이 도와주지 않았다면 살아가는 게 불가능했을 것이다. 우리가 자신의 이름을 쉽게 감지하는 이유는 이름과 함께 살아가도록 적응이 되어있기 때문이다. 우리가 자기 것을 들을 수 있도록 청각이 습관화되어 있기 때문에 길거리에서 들리는 소란한 소음과 사이렌 소리, 왁자지껄한 잡음 사이에서도 자신을 부르는 이름을 정확하게 골라낼 수 있다.

우리의 이름은 음파가 되어 귓바퀴와 외이外耳에 와 닿는다. 귀걸이를 하고 귀지가 생기고 먼지가 날아다니다 달라붙는 외이는 우리가 생각에 빠질 때 만지작거리곤 하는 귓불이 있는 곳으로, 음파가 날아오는 방향을 감지할 수 있게 해준다. 외이에서 모은 음파는 외이도를 통과해 중이中耳로 들어가는 관문인 고막을 진동하게 만든다. 제대로 일을 하고 있을 때의 고막은 고동치고 있는데, 그 모습이 마치 음악을 재생할 때 스피커가 고동치는 모습과 비슷하다.

그 뒤에 일어나는 일은 아주 단순하면서도 아름답다. 고막은 몸 안에 있는 아주 작은 망치뼈·모루뼈·등자뼈(추골, 침골, 등골)라는 세 뼈와 연결되어 있다. 망치나 모루,

등자 같은 용어가 마치 작업장이나 대장간을 떠오르게 하는데, 실제로도 이 뼈들은 기계 같은 작업을 한다. 고막과 연결되어 있는 망치뼈는 모루뼈를 앞뒤로 밀었다 당기며, 모루뼈는 등자뼈를 앞뒤로 밀거나 당긴다. 이 세 뼈는 피스톤처럼 작용해 내이 달팽이관에 들어있는 액체가 파도처럼 요동치게 만든다. 귓속뼈(청소골) 또는 이소골 ossicular chain이라고 부르는 이 세 뼈는 중이에서 생긴 압력파에 반응하고 그 압력파를 내이로 전달한다. 가다 박사가 보여준 귓속뼈는 학교에서 선생님이 아이들에게 단순한 기계 원리를 가르쳐줄 때 활용하는 교구 같은 아주 단순한 유압 장치처럼 보였다. 외이가 조개껍데기처럼 보인다면 내이는 달팽이껍데기를 더 닮았다.

내이에서는 유압 장치 같은 기계적인 과정이 전기적 과정으로 바뀐다. 액체가 가득 차 있는 달팽이관은 나선형으로 돌돌 말려 있다. 달팽이관에는 털세포hair cell가 늘어서 있는데, 이 털세포들이 움직이면 전기 자극이 달팽이관에 있는 신경으로 전달되고, 신경은 전기 신호를 뇌로 전달한다(이쯤 되면 정말로 깊이 들어온 것이다. 귀 모형으로 볼 때 이곳은 불안할 정도로 뇌와 가까이 붙어있다). 소리가 클수록 털세포는 더 많이 움직인다. 달팽이관에 있는 털세포는 우리를 위해 소리의 높이도 구별해준다. 나선의 바닥, 아랫부분에 있는 털세포는 주파수가 높은음을 들을 수 있게 해주고 꼭대기, 달팽이관의 끝부분에 있는 털세포는 주파수가 낮은음을 들을 수 있게 해준다. 그 덕분에 우리 귀는 피아노의 건반들이 그렇듯이 아래로도 위로도 한참 올라가서 20헤르츠부터 20,000헤르츠까지의 음을 들을 수 있다.

달팽이관을 채우고 있는 액체가 움직이면 털세포가 움직이면서 청각 신경을 지나 뇌로 들어가는 전기 신호가 발생하는데, 이 전기 신호는 외부에서 들어온 음파 정보를 뇌가 분류할 수 있도록 청각 피질로 들어간다. 이 기능 가운데 하나라도 제대로 작동하지 않거나 고장이 나면 청각에 영향을 미쳐 청각 피질로 들어가는 음파는 주파수 크기도 음의 높이도 제한을 받을 수 있다. 귀먹음과 청력 상실이 청각만큼이나 복잡하고 다양한 이유는 바로 그 때문이며 청력을 상실한 사람은 완벽한 침묵 속에서 살고 있다는 이미지가 고정관념이 된 까닭도 그 때문이다.

자기 이름을 들으면 사람들은 돌아본다. 그런데 돌아봐야 할 방향을 어떻게 알 수 있을까? 그 이유는 귀가 우리를 위해 다른 일도 하기 때문이다. 너무나도 기본적이어서 그런 일까지 하고 있다는 사실을 평소에는 눈치채지 못하지만, 귀가 일을 멈추는 순간 우리는 그 즉시 문제가 생겼음을 알아챈다. 귀는 평형감각과 방향감각을 담당한다. 우리가 이름을 들었을 때 어느 쪽으로 고개를 돌려야 하는지를 알고, 매일같이 복잡한 몸을 일으켜 세워 균형을 잡을 수 있는 이유는 귓속에 움직임과 정지 상태를 감지해 그 신호를 뇌로 보내주는 반고리관semicircular canal이 있기 때문이다. 반고리관은 세 개의 고리로 이루어져 있다. 세 고리 가운데 한 개는 위와 아래로 이동하는 움직임을 감지하고 한 개는 양옆으로 이동하는 움직임을 감지하며 나머지 한 개는 기울어지는 움직임을 감지한다. 우리 귀는 양쪽에 한 개씩 있어서 양쪽 귀에 소리가 도달하는 시간이나 소리의 양과 주파수 등이 미묘하게 다르다. 그래서 음악이나 노래에 아주 예민하게 반응할 수 있을 뿐 아니라 소리가 들려오는 곳도 찾을 수 있다. 또한 우리를 부르는 사람을 돌아볼 수도 있고, 거리나 방을 가로질러서 그 사람들을 만날 수도 있다.

이름과 귀와 관련해 일어나는 일이란, 간단히 말해서 '누군가 이름을 부르면 돌아본다'는 것뿐이다. 그런데 다른 대부분의 이야기와 달리 이 이야기는 실제로 일어나는 일보다 그 일어난 일을 말로 표현하는 시간이 더 오래 걸린다. 나는 이 이야기가 사람의 몸이 작동하면서 일으키는 일상의 기적을 가장 명확하게 정의해준다고 생각한다. 어떤 일을 하는 것보다 그 일에 대해 설명하는 것이 훨씬 더 오랜 시간이 걸리는 기적 말이다.

어디선가 내 이름이 들린다. 누군가 내 관심을 끌려고 하는 것일까? 어쩌면 몇 미터쯤 떨어진 곳에 나와 같은 이름을 가진 사람이 있는 걸까? 아, 정말 그렇다. 저기, 저쪽에 정말로 나와 이름이 같은 사람이 있다. 이제는 내 이름이 들려도 신경 쓰지 않고 다시 하던 이야기를 마저 하거나 책을 읽거나 택시를 기다리면 된다. 이제 내 귀는 제할 일을 끝냈다. 하지만 내 귀는 언제나 정신을 바짝 차리고 활짝 열린 채로 결코 잠드는 법이 없을 것이다.

피

Blood

카요 칭고니이 Kayo Chingonyi

잠비아 출신의 시인. *Some Bright Elegance*(2012)와 *The Colour of James*(2016) 같은 소책자를 발표했고, 정식 시집인 *Kumukanda*는 2017년에 출간됐다.

Blood

피

내 몸에 흐르던 것은 붉디붉은 수치심이었다

HIV 검사를 받은 뒤에야 나는 HIV가 내 인생에 미친 영향에 대해 입 밖으로 꺼낼 수 있는 첫 번째 단계를 건널 수 있었다. 그것은 닫아 내리고 있던 칸막이를 들어 누군가와 대화를 나눌 수 있는 공간을 열어주었다. 그날 이후 거의 13년이 흘렀지만 이제야 나는 '혈액 질환'이라고 부르는 것이 수치심과는 전혀 관계가 없으며, 내가 들고 있던 수치심을 놓아버려야만 내 인생을 무겁게 짓누르던 추가 들린다는 사실을 알아가고 있다.

디너파티 같은 곳에서 처음 만난 사람이 가족이나 어린 시절에 대해 물어올 때면 나는 얼마나 내가 입을 조금만 열 수 있는지 실험해보고는 한다. 만약에 내가 말이 많은 외향적인 사람 옆에서 그 사람이 하는 말을 즐겁게 채울 수 있는 적절한 소리만 낼 수 있다면, 이 실험은 정말 놀라울 만큼 성공적으로 끝난다.

한쪽이 일방적으로 말하고, 내 입에서는 거의 아무 말

도 나가지 않는데도 여전히 누군가와 대화할 수 있다는 사실을 관찰하는 과정은 정말로 흥미롭다. 왠지 장난을 치고 싶을 때는 상대방을 대하는 태도를 일부러 꾸며내기도 한다. 그 속임수는 아주 무표정한 얼굴로 있는 것이다. 아주 무표정하게 말할 수만 있다면 다른 사람을 잘 믿지 않는 아주 회의적인 사람도 잠깐 동안은 속일 수 있다.

그 어떤 것도 조작할 필요가 없을 때도 있다. 내 인생을 틀리게 추론해도 그저 가만히 듣고만 있으면 된다. 어린 시절에 대해 물어보는 사람들에게 내가 자란 곳을 이야기해주면 그들은 내가 그곳에서 부모님과 함께 살았을 거라고 생각한다. 그럴 때는 그냥 그렇게 생각하게 내버려두는 것이 더 많은 정보를 주는 것보다 나은 선택이다.

처음 만나는 사람과 처음 대화하게 될 때 내 생애 가장 괴로운 이야기를 하는 경우는 거의 없다. 하지만 상대방을 조금 더 잘 알려고 노력하는 순간이 되면, 서로가 모두 무덤덤하면서도 거리낄 것이 없다는 태도를 보여야 할 때면 나로서는 쉽지 않은 이야기를 꺼내야 하는 순간이 찾아오기도 한다. 내가 진실을 말하기로 결심했다면, 그 진실을 '가볍게' 만들 방법은 없다. 누군가 우리 어머니와 아버지에 관해 물어온다면, 나는 그저 '두 분 모두 내가 어렸을 때 돌아가셨습니다'라고 간단하게 말할 수는 없다. 그보다는 할 수 있는 한 빨리, 아니, 아주 당연히 다른 이야기를 시작해버린다.

흔히 사람들은 부모는 아이들이 어릴 때 죽을 리 없는 존재라고 생각한다. 그 때문에 내 인생을 구성하는 가장 기본적인 진실을 공유하는 순간, 사람들은 불편해한다. 분명히 얼굴로는 "어쩌다 돌아가셨는데요?"라고 묻고 있으면서도 실제로 입 밖으로 꺼낸 사람은 아무도 없었다. 내가 모르는 사람이 내가 살지도 않은 인생을 내가 살았다고 믿어버리는 것을 보는 쪽과 내 말을 들으면서 도대체 어떻게 반응해야 할지 몰라 난감해하는 것을 보는 쪽 가운데 한 가지를 택해야 하는 순간이 올 때면 나는 보통은 전자를 선택한다.

바로 이 질문, '우리 부모님은 어쩌다 돌아가셨나?'가 나를 '피'라는 주제로 이끌었다. 왠지 솔직하게 말해도 좋을 것 같은 기분이 들 때 나는 "부모님은 혈액 질환으로 돌아가셨어요"라고 답할 것이다. 핵심 내용을 담고 있지만 상대방을 난처하게 만들지 않을 정도로 애매모호하게 대답하는 것이다. 아주 드물지만, 두 분 모두 HIV(인간면역

결핍바이러스. 에이즈를 일으키는 원인 바이러스다) 보균자였고 기관지폐렴 때문에 돌아가셨다는 말을 할 때도 있다. 하지만 두 분 모두 HIV 때문에 신체를 방어해야 할 백혈구의 기능에 이상이 생겨 돌아가셨다는 식으로 자세하게 말하는 일은 절대로 없다.

내가 태어난 잠비아는 "성인 HIV 보균율이 지역에 따라 12퍼센트에서 20퍼센트가 될 정도로 HIV 감염률이 높다"라거나 "잠비아에는 어렸을 때 한쪽 부모나 양쪽 부모가 죽는 아이가 50만 명에 이른다"는 말도 하지 않는다. 부끄럽기 때문이다. HIV 보균자들은 이미 지나친 오명을 쓰고 있으며 인종적으로도 여러 가지 문제가 많은 편견에 휩싸여 있고 HIV에 관해 제대로 이해하는 사람도 거의 없기에 어떤 식으로든 평가를 받지 않으면서 말하기는 불가능하다는 기분이 든다.

하지만 그런 평가를 받는다는 두려움에 대해서는 도전할 가치가 있는지도 모르겠다. 어쩌면 사람들은 더욱 광범위한 문화가 우리에게 믿으라고 요구하는 것보다 훨씬 더 관대할 수도 있다. 하지만 두려움을 극복했을 때 수반될 위험은 여전히 너무 크다는 생각이 든다. 내 인생에 HIV가 미쳤던 영향력을 말한다는 건, 아주 가까운 사람들에게조차 오랫동안 고민해야 하는 일이다. 아버지가 HIV 때문에 돌아가셨다는 건 어렸을 때도 알고 있었다. 내가 이해할 수 있을 만큼 충분히 컸다고 생각했을 때 어머니가 말씀해주셨으니까. 하지만 어머니가 아프기 시작했을 때는 어머니도 같은 바이러스 때문에 고생한다고는 미처 생각하지 못했다.

어머니는 단 한 번도 어째서 그렇게 심하게 체중이 줄어드는지, 어째서 내가 병원으로 모시고 갈 때마다 그토록 서럽게 우시는지 말씀해주지 않았다. 이제 나는 그 이유를 안다. 어머니는 자신의 병을 받아들일 수가 없었다. 어머니는 생명을 연장해줄 수도 있는 모든 치료를 거부했다. 왜 그랬을까? 수치스러웠기 때문일까? 어머니가 내게로 와서 대답을 해주실 수는 없으니 어머니가 참을 수 없을 정도로 고통스러웠을 것이 분명한 시기에 그분이 느꼈을 기분은 나로서는 그저 상상해볼 수밖에 없다. 하지만 어머니가 도움을 거절한 이유가 수치심 때문이었다면, 나는 그 수치심을 떨쳐버려야만 했다.

어머니가 점점 쇠약해지는 동안 차마 내게 말하지 못했던 이야기들은 이모와 삼촌이 내게 들려주어야 할 이야기로 남았다. 내게 한동안 몸을 추스르고 슬퍼할 시간을 준 이모는 어느 날 나를 조용한 곳으로 데려갔다. 그러고는 어머니가 왜 죽었는지 알고 싶으냐고 물었다. 이모가 나에게 묻는 태도에는 왠지 '아니'라고 답해야 할 것 같은 무언가가 있었지만, 어쩐지 나는 알고 싶다고 말했다. 그때 나는 이모에게 물어야 할 질문들이 있었다. 이모는 그전에도 아주 하기 힘든 이야기를 했을 때 지었던 담담한 표정을 짓고 있었다. 열세 살 생일이 지나고 얼마 되지 않아 학교 앞에서 나를 앉혀놓고 몇 시간 전에 어머니의 폐가 재기 불능이 되어 의료진이 어머니를 다시 살릴 수가 없었다고 말할 때 짓던 그 표정이었다.

이모가 자세한 이야기를 하기 시작하고 몇 초 지나지 않아 내 마음을 사로잡은 생각은 나도 HIV 보균자일 수도 있다는 걱정이었다. HIV는 어머니에서 아이에게로 혈액을 통해 전달될 수 있으니까. 그렇지 않나? 내 몸속에 HIV가 있는데 지금까지 그냥 방치해둔 것이면 어떻게 해야 하지?

지금 나는 그런 강박관념이 나의 기분을 드러내어 밝힌 첫 번째 시도였다는 걸 알고 있다. 부모님이 돌아가신 방식에 내가 느끼는 어떤 기분이나, 더 나아가 많은 사람이 잠비아에 관해 한 가지라도 아는 것이 있다면 그건 지구에서 HIV 감염률이 가장 높은 나라 중 하나라는 사실에 내가 느끼는 기분 같은 것 말이다. 나는 내 가족이 그런 통계 수치에서 벗어나지 못했다는 사실에, 내 부모님만이 아니라 그들의 친구들, 이웃, 그리고 그 모든 사람의 가족들 역시 마찬가지라는 사실에 화가 났다. 내 몸 안에 그처럼 지독한 수치심을 품고 어떻게 살아갈 수 있을까? 나는 나도 그 바이러스에 감염되었는지를 알아내야 했고, 내 마음속에 자리한 질문들을 가라앉혀야 했다.

내가 기억하는 한 나는 언제나 바늘을 두려워했다. 내가 두렵다는 표현을 쓴다는 건 내 머릿속에서 느닷없이 바늘 생각이 튀어나오면 내 몸에 갑자기 경련이 인다는 뜻이다. 내가 두렵다고 말한다는 것은 네 살인가 다섯 살 때 예방 주사를 맞으러 병원에 가서는 내 피부에 주사기를 꽂을 준비를 하는 간호사를 보고 무작정 뛰어 도망치기 시작했다는 뜻이다. 나는 주사실을 나와 병원을 가로질러 누군가에게 잡히기 전까지 병원에서 아주 먼 곳까지 뛰어갔다. 나 혼자 길을 건너는 일이 과연 현명한가를 결정하지 못해 잠시 머뭇거리는 찰나, 나는 잡혔다.

영문학을 공부하던 학부 때가 되어서야 나는 마침내

HIV 보균 여부를 검사해봐야겠다는 결심을 하게 되었다. 내가 다니던 대학에서는 늘 무료로 쉽게 이용할 수 있고 검사자의 비밀도 유지되고 예약도 할 필요가 없는 성 관련 건강 서비스를 제공하는 보건실이 학교에 있다는 것을 아주 열심히 학생들에게 알렸다. 어느 날 이른 아침에 보건소로 걸어 들어간 나는 대기실에 앉아 그 누구와도 눈을 마주치지 않았으며 그 누구에 관해서도 그가 무엇 때문에 이곳에 왔는지 궁금해하지 않았다. 내가 그렇게 하면 다른 사람도 나에 관해 궁금해하지 않을 것이라는 생각을 했기 때문이다. 잠시 뒤에 나를 부르는 소리가 들렸고, 나는 서둘러 의사가 있는 방으로 들어갔다. 의사는 나에게 몇 가지 질문을 했다. 성생활을 하는지? 나는 그렇지 않다고 대답했다. 그렇다면 왜 이곳에 왔는지 물었다. 나는 이유를 설명했다. 처음으로 나는 내 마음속에 있던 말들을 소리 내어 이야기했다. 그 의사는 내 몸속에는 HIV가 없을 수도 있다고 했다. 어머니가 임신했을 때 HIV에 걸려 있었는지 알 수 없으며 만약 HIV가 어머니의 몸에 있었다고 해도 모자간의 감염률은 (의료 행위가 개입되지 않았다면) 15~45퍼센트 정도였기 때문이다. 보건소에서는 내 혈액을 채취해 검사실로 보냈다.

집으로 걸어오면서 검사 결과를 알게 된다는 것이 무슨 의미인지를 생각해보았다. 나는 의사가 옳다는 사실을 알았다. 내 몸에 HIV가 있을 가능성은 높지 않았다. 하지만 내가 보균자라면? 다른 사람에게 그 사실을 알려야 할까? 나는 멀리 돌아서 집으로 왔고 내 방에 들어갔을 때는 벽에 기댄 채 무너져내렸다. 개미집이 있는, 흰색 페인트를 칠한 나무판자 벽이었다. 나는 개미에 감염된 벽에 기대어 전화벨이 울리기를 기다렸다. 시간은 흘러가고 내 머릿속에서는 온갖 결과가 아무런 의미도 없이 계속해서 떠오르고 또 떠올랐다. 어떻게 설명해야 할지 몰랐기에 그때 일어나고 있는 일은 아무에게도 말하지 않았다. 그래서 나는 시간과 시간의 상대 속도에 관한 비과학적인 연구를 수행하며 그저 방에 앉아있었다. 그리고 몇 시간이나 흘렀다는 기분이 들었을 때(사실은 90분 정도 흘렀을 때), 누군가 전화기 너머로 검사 결과를 말해주었다.

내 몸에는 HIV가 없었다.

검사 결과를 들은 뒤에 나는 많은 사실을 깨달았다. HIV 검사를 받은 뒤에야 나는 HIV가 내 인생에 미친 영향에 관해 입 밖으로 꺼낼 수 있는 첫 번째 단계를 건널 수 있었다. 그것은 닫아 내리고 있던 칸막이를 들어 누군가와 대화를 나눌 수 있는 공간을 열어주었다. 그날 이후 거의 13년이 흘렀지만 이제야 나는 '혈액 질환'이라고 부르는 것이 수치심과는 전혀 관계가 없으며, 내가 들고 있던 수치심을 놓아버려야만 내 인생을 무겁게 짓누르던 추가 들린다는 사실을 알아가고 있다.

나에게 일어난 일을 받아들일 수 있다면, 그리고 받아들여야지만, 나는 진정한 나로 존재할 수 있다. 진정한 나로 존재해야만 누군가 나에게 우리 부모님에 관해 물었을 때 그분들은 대학에서 만나 사랑에 빠졌고, 내가 어렸을 때 돌아가셨으며, 그렇게 일찍 돌아가셨다는 사실이 지금도 마음 아프며, 하지만 아무리 마음이 아프더라도 나는 여전히 여기서 살아가고 있고, 내가 나인 한 그 고통이 내가 느끼는 전부가 되지는 않게 하려고 노력하고 있다고 말할 수 있다.

담낭

Gall Bladder

마크 레이브힐 Mark Ravenhill

희곡작가이자 오페라 대본 작가, 배우, 저널리스트. *Shopping and F***ing*(1996), *Mother Clap's Molly House*(2001) 등의 작품을 썼다.

Gall Bladder
담낭

몸에서 무엇을 남기고 무엇을 버리겠습니까?

내 머리에 난 털은 여전히 내 몸을 이루는 필수 구성요소라는 느낌이 든다. 벌써 20년 전에 남성형 대머리라는 것 때문에 이미 사라져버렸는데도 말이다. 정말 이상하고도 이해하기 힘든 일이다. 내 몸이라고 느끼면서도 그 가운데 일부는 반드시 필요한 요소이고 일부는 그저 소모품이라고 생각하는 것 말이다.

　2년 전, 바르샤바에 도착한 첫날 밤. 내 흉골 아래쪽이 내리눌리는 것처럼 아팠다. 이 통증은 밤새 가시지 않았다. 나는 계속해서 침대 위에서 뒤척이고, 온 방 안을 서성이면서 가능한 한 깊숙이 숨을 들이마시고 내쉬려고 애썼다. 하지만 보이지 않는 주먹이 계속해서 내 가슴을 강타했다. 잠도 자지 못하고 신음하면서 심각한 소화불량에 걸렸다고 생각했다.

다음 날, 나는 젊은 폴란드 극작가들을 대상으로 강연을 했다. 고통은 사라졌지만 고작 45분밖에 못 잔 상태였다. 그 때문에 강연 내내 생각과 행동이 굼떴다. 그래도 고통은 지나갔고, 앞으로 1주일 동안 폴란드 연극계를 풍성하게 해줄 유능한 젊은 작가들과 함께한다는 사실이 즐겁기만 했다.

하지만 밤이 되자 또다시 극심한 통증이 시작됐다. 이 고통은 원치 않는 손님처럼 밤마다 내 침실을 찾아왔다. 아주 엄청나게 아픈 뒤에는 몇 분 정도 잠시 누그러졌고, 가끔은 까무룩 조는 일도 가능했지만, 고통은 어김없이 엄청난 통증이 되어 찾아왔다. 하지만 웬일인지 낮에는 아프지 않았다. 그렇게 일주일 동안 거의 환각 상태에 빠진 것처럼 비몽사몽간에 강연을 했고, 소화불량을 고쳐보겠다며 거의 식사도 하지 않았다.

바르샤바에서의 마지막 날 아침에 화장실 거울에 비친 내 눈은 완전히 노랗게 변해 있었다. 몸을 살펴본 나는 내 몸도 노랗게 변해가고 있음을 알 수 있었다. 소변은 거의 갈색에 가까웠고 대변은 석회석처럼 보일 정도로 하얗게 변해 있었다. 황달에 걸린 것이 분명했다. 구글로 잠시 검색해본 나는 자가진단 결과를 소화불량에서 한창 진행

중인 암으로 격상해야 한다는 확신이 들었다. 나를 공항으로 데려다줄 운전기사가 바르샤바 호텔로 왔다. '저 사람은 내가 노랗다는 사실을 알고 있을까?' 나는 궁금했다. 그 사람의 반응을 살펴보려고 가까이 다가갔지만 도무지 그 사람이 무슨 생각을 하는지 알 수가 없었다. 자동차가 출발했을 때 눈이 내리기 시작했다. 흩날리듯 내리는 진눈깨비가 아니라 펑펑 내리는 눈송이였는데, 공항에 도착할 즈음에는 손을 앞으로 쭉 뻗으면 손끝이 보이지 않을 정도로 굉장한 눈보라로 바뀌어 있었다.

탑승대로 간 나는 (이제는 어쩔 수 없이 바르샤바 병원으로 가야겠다는 생각을 하면서) 공손하게 물었다. "비행기가 이륙할 수 있을까요?" 내 말에 공항 직원은 콧방귀를 뀌면서 말했다. "당연히 이륙합니다." 그녀는 싸라기눈이 내리기만 해도 공항을 폐쇄하고 마는 영국 공항 이야기를 알고 있는 것이 분명했다.

히스로 공항에 내린 나는 택시를 잡아타고 곧바로 응급실로 갔다.

"담석이군요."

수련의가 말했다.

"암이 아니고요?"

"아, 아닙니다. 절대로 암은 아니에요. 일단 병실을 잡아드릴 테니 입원하시고 내일 아침 췌장에서 담석을 제거하시면 됩니다. 점심때쯤이면 퇴원할 수 있을 겁니다."

다음 날 아침에 병실로 외과의가 들어왔다.

"좋은 아침입니다. 제가 환자분 수술을 진행할 집도의입니다. 담석을 제거하는 동안 담낭(쓸개)도 함께 제거할 생각입니다. 일단 담석이 담낭 밖으로 빠져나와 다른 장기로 들어가기 시작하면 언제라도 또다시 같은 일이 일어날 수 있습니다. 그러니 차라리 그럴 가능성을 아예 제거하는 게 좋습니다."

"담낭을 제거한다고요? 담낭이 없어도 정상적인 생활이 가능할까요?"

"아, 물론입니다. 담낭은 전혀 쓸모가 없습니다. 담낭이 문제를 일으킨다면 그냥 떼버리는 게 좋습니다. 나중에 뵙지요. 물론 환자분은 절 보지 못하시겠지만요."

나는 구글에서 '담낭'과 '담즙'을 찾아보려고 했지만 스마트폰 배터리가 남아있지 않았다. 담낭이 필요 없다는 말이 사실일까? 담즙을 사람의 기본 체액이라고 생각했던 적도 있지 않나? 담즙이 사람의 기질을 결정한다는 이야기를 들은 것 같은데? 나는 틸야드E.M.W. Tillyard와 엘리자베스시대의 세계관에 관해 들었던 오래전 대학 강의를 떠올려보려고 애썼다(틸야드는 영국 고전문학 학자로 『엘리자베스시대를 상상하다The Elizabethan World Picture』(1942)라는 책으로 유명하다. 이 책은 엘리자베스시대 사람들이 세계 질서를 보는 방식을 자세히 설명하는데, 그중 인간의 네 가지 체액에 관한 내용이 포함되어 있다). 맞아, 정말로 그랬지. 혈액, 가래, 담즙, 그리고 또 한 가지 액체가 사람의 몸을 도는 네 가지 체액(혈액, 가래(점액), 검은 담즙, 노란 담즙)으로, 이 네 가지 체액이 균형을 유지해야만 사람의 몸과 마음이 모두 건강하게 유지될 수 있다고 했는데?

이런, 담낭이 이런 식으로 격하되다니! 불과 몇 세기 전만 해도 담낭은 우리 몸의 네 가지 기본 기질 중 하나를 분비하던 중요한 역할을 맡은 기관이었는데. 이제는 레이저로 몸을 약간만 절개해서 빼낸 뒤에 병원 뒤 어딘가에서 불에 타버릴 하찮은 기관이 되었다(불에 태운다는 건 내 추측일 뿐이지만).

이 에세이를 쓰려고 준비하면서 나는 런던 유니버시티 칼리지 병원의 외과 의사 앤드루 젠킨슨을 만나기로 했다. 그가 수술 집도를 하는 동안 옆에서 담낭 제거 수술을 지켜볼 수 있게 해준다고 했으니까. 하지만 그날 아침 일찍 담낭 제거 수술이 연기됐다는 문자를 받고 사실 얼마나 안도했는지 모른다. 젠킨슨은 담낭 수술 대신에 아주 급한 환자를 수술해야 한다고 했다. 그 환자는 몇 달 전에 위 밴드 수술을 받았는데, 심각한 합병증이 생겨 고생하고 있다고 했다. 밴드가 뒤틀리는 바람에 비만이었던 사람이 1년 만에 심각한 저체중 상태가 되어 가장 먼저 수술을 받아야 하는 상태가 된 것이다. 그러니 내가 참관할 수 있는 적당한 수술은 그날 한 건도 진행되지 않았다.

업무가 끝나는 시간에 맞춰 나는 유니버시티 칼리지 카페테리아에서 젠킨슨을 만났다. 니코틴 껌을 씹고 있던 그는 "하나 줄까요?"라고 말하더니 소화관이 기능하는 방법과 그 속에서 담낭이 맡고 있는 역할을 알려준다며 그림을 그리기 시작했다. 제일 먼저 그는 위를 그렸다. 위는 내가 생각했던 것보다 훨씬 위쪽에 있어서 깜짝 놀랐다. 나는 내 배 어디쯤에 있는 줄 알았는데 말이다. 그 다음으로는 (놀랍게도 큰) 간을 그리고 간 밑에 찌그러진 풍선 같은 작은 담낭을 그렸다.

우리 몸은 위에 들어온 지방 음식을 분해하려고 담즙을 생산한다(쓸개즙이라고도 한다). 담즙은 담낭에서 만들어지지 않고 간에서 만들어진다. 담낭이 하는 역할은 펌프 역할이다. 아주 큰 네 가지 맛 치즈피자를 먹으면 우리 몸은 위 안으로 담즙을 잔뜩 흘려보내야 한다. 그럴 때 담낭은 맡은 바 책임을 다해 재빨리 담즙을 위로 보내 네 가지 치즈를 소화할 수 있게 해준다. 그런데 담즙은 담낭 속에서 굳어 담석이 될 수 있다. 담석이 담낭에 있을 때는 가벼운 통증만 있을 수 있지만, 담낭 밖으로 나와 간으로 들어가거나 내 경우처럼 췌장으로 들어가면 물질의 이동 통로를 막아버린다. 그때는 정말 끔찍한 상황이 벌어진다.

그럼 이제 나는 담낭이 있을 때보다 지방 소화 능력이 떨어졌을까? 젠킨슨은 "담낭을 제거한 뒤에 설사로 고생하는 사람도 소수 있다는 증언이 있습니다. 몸이 지방을 효과적으로 소화할 수 없는 거지요. 하지만 그런 경우는 아주 드뭅니다"라고 했다.

"아니, 그럼 대체 사람 몸에 그런 소모품 같은 기관이 있는 이유는 무엇일까요?" 나는 이런 질문을 할 수밖에 없었다. 진화는 늘 우리를 아주 효율적이고 실용적인 몸으로 만들어왔을 거라고 믿고 있었으니까. 젠킨슨은 사람의 문명이 변하는 속도가 진화의 속도보다 훨씬 빠르다고 했다. 수만 년 전, 사람이 농업을 시작한 뒤로 우리 몸은 소화라는 측면에서 보면 문명의 변화를 따라잡지 못하고 있다. 그의 말에 따르면 우리의 소화계는 여전히 수렵·채집인과 다르지 않다고 한다.

젠킨슨은 수렵·채집인은 우리처럼 쉴 새 없이 무언가를 먹어대는 사람들이 아니었다고 했다. 수렵·채집인들은 한껏 먹거나 굶기를 반복하는 것이 보통이었다. 어쩌면 일주일에 한 번씩 들소를 잡아먹었을 수도 있다. 들소를 잡은 날이면 엄청난 양의 단백질과 지방이 몸 안으로 들어오기 때문에 담낭은 엄청난 양의 담즙을 위장으로 보내는 펌프 작용을 활발하게 수행해야 했을 것이다. 며칠 뒤에는 과일을 엄청나게 많이 먹게 됐을 수도 있지만, 다시 지방을 에너지원으로 사용하고 저장하기까지는 아주 오랜 시간을 기다려야 했을 수도 있다.

그래서 나는 만약에 버튼 한 번만 누르면 담낭을 간단히 제거할 수 있을 정도로 의학 기술이 발달한다면, 사람들에게 담낭을 없애버리라고 권할 것인지를 젠킨슨에게 물어보았다. 그는 "합병증이 없다는 사실만 명백히 확신할 수 있다면 그럴 겁니다"라고 대답했다.

대화 주제에 점점 더 신이 난 젠킨슨은 나에게 보여준

사람의 소화관을 그린 종이를 다시 자기 쪽으로 가져갔다. 담낭 위에 ×자 표시를 한 젠킨슨은 위장 위쪽에 무언가를 그리기 시작했다. "사실, 우리는 위도 거의 필요가 없습니다. 우리 위는 아주 큽니다. 그 말은 꽉 찰 일이 거의 없다는 것입니다. 하지만 이제 우리는 수렵·채집인이 아닌데도 끊임없이 음식을 위에 넣고 있다는 것이 문제입니다. 필요로 하는 것보다 지나치게 더 많이 위를 채울 때가 있는 거지요."

나는 겸연쩍어 꿈적거리며 의자에 앉은 자세를 바꿨다. 나로서는 내 나이에 맞는 뱃살이라고 부르고 있지만 의사라면 경계성 비만이라고 부를 만한 것을 지니고 있다는 걸 잘 알기 때문이다. 젠킨슨의 몸은 아주 다부졌다. 나이는 나와 비슷했지만 몸은 수영 선수나 자전거 선수 같은 것으로 보아 자신이 전파하는 복음을 그대로 실천하고 있음이 분명했다. '분명히 몸에 여분의 지방이 쌓일 일은 하지 않을 거야.' 나는 침울해져 빨리 식단도 조절하고 운동도 시작해야겠다고 마음먹었다.

젠킨슨은 종이를 다시 내 쪽으로 밀면서 말했다. "현대인은 언제라도 음식을 구할 수 있으니 규칙적으로 아주 조금만 먹는 일도 가능합니다. 사실 위 용량의 10퍼센트 정도만 먹는 것이 좋아요." 나는 고개를 숙여 종이를 쳐다보았다. 위 위쪽에는 전체 위 가운데 90퍼센트를 배제한 상태로 작은 주머니 형태가 되도록 점선이 그려져 있었다. 나는 고개를 들어 젠킨슨을 쳐다보았다. 그의 눈에서 흥분이 감지되었다. 나는 그가 탈공업화 사회에 사는 인간이 농업 혁명 이전의 몸에 갇혀 있을 이유는 없으니, 우리가 사는 시대에 맞는 몸을 갖게 될 때까지 개조하고 필요 없는 부분은 떼어낼 수 있다는 것을 거의 복음을 전파하듯 퍼뜨리고 있는 것 같다는 생각이 들었다.

분명히 아직 기술은 조악하다. 젠킨슨은 하루의 많은 시간을 끔찍한 합병증을 유발하는 비만 대사 수술 후유증을 수습하면서 보냈다. 하지만 이제 곧 삭제 버튼을 누르면 위의 90퍼센트가 사라지는 세상이 도래할지도 모른다. 중년의 뱃살, 경계성 비만이 더는 문제가 되지 않는 세상이 올 수도 있는 것이다.

나로 말할 것 같으면 내 담낭이 조금도 그립지 않다는 사실을 말해야겠다. 그 전에 나에게 물었다면 나는 내 몸의 모든 부분은 나 자신으로 존재하기 위한 필수 요소라고 대답했을 것이다. 음, 물론 끊임없이 내보내려고 노력하는 체지방이 내 몸을 구성하는 필수 요소라는 생각을 하지는 않지만. 그보다는 오히려 호리호리한 내 몸을 빼앗겠다며 쳐들어오는 반갑지 않은 외계인처럼 느껴진다. 하지만 내 머리에 난 털은 여전히 내 몸을 이루는 필수 구성요소라는 느낌이 든다. 벌써 20년 전에 남성형 대머리라는 것 때문에 이미 사라져버렸는데도 말이다. 정말 이상하고도 이해하기 힘든 일이다. 내 몸이라고 느끼면서도 그 가운데 일부는 반드시 필요한 요소이고 일부는 그저 소모품이라고 생각하는 것 말이다.

나에게는 아직 갑상샘이 있다. 나는 살짝 젊은 세대여서 내 앞세대가 필수처럼 거의 습관적으로 받은 갑상샘 제거 수술은 하지 않을 수 있었다. 명복상으로는 영국국교회 집안에서 태어났기 때문에 음경 포피도 간직할 수 있었다. 충수는 한 살도 되기 전에 떼어냈는데, 그렇다고 그 기관이 그립거나 하지는 않다. 문화, 역사, 우연에 의해 몸의 각 기관은 잃을 수도 있고 간직할 수도 있다. 나의 몸은, 예전에 믿고 있었던 것과는 달리 안정된 것이 아니란 것을 이제는 안다.

1950년부터 호주의 남극 탐험가들은 의무적으로 맹장

을 떼어내야 했다. 의사가 없는 곳에서 갑자기 충수염에 걸리는 일을 방지하려는 것이다. 러시아, 영국, 프랑스, 칠레, 아르헨티나에서도 남극 탐험에 나서는 사람들은 보통 맹장 제거 수술을 하지만 의무적인 관행은 아니다.

2012년에 《캐나다 외과지the Canadian Journal of Surgery》는 여러 외과 전문의가 공동으로 작성한 기사를 실었다. 그 외과 의사들은 달에 식민지를 만들고 화성에 유인 우주선을 보내는 일이 더는 과학 소설에서나 나오는 이야기로 치부할 수 없는 상황에서 우주비행사들이 긴 우주 여행을 하려면 지구 대기를 벗어나기 전에 예방 차원에서 외과 수술을 받는 것이 마땅하다는 의견을 제시했다. 다시 말해서 우주 공간에서 곤란한 일이 발생하기 전에 필요 없는 장기는 떼어내는 것이 현명할 수도 있다는 뜻이었다. 기사에서 캐나다 외과 의사들은 당연히 아주 조심스럽게 결론을 내리고 있다.

임무를, 그리고 사람의 생명을 잃을 위험이 아주 클 수도 있다는 사실을 생각해보면…… 우주선 승무원들의 건강한 맹장을 미리 제거하는 수술을 고려해보는 것이 좋을 듯하다. 건강한 담낭도 같은 이유로 미리 제거하는 것이 좋을 수도 있다……. 몸에 생긴 담석은 아주 큰 위협으로 작용할 테니…… 현재로서는 안전하고 손쉽게 실시할 수 있는 장기 제거 수술이 긴 시간 우주여행을 하다가 급성 충수염에 걸리거나 담낭염에 걸리는 것보다는 훨씬 효과적인 실행 계획이라고 생각한다.

따라서 모든 사항을 고려할 때 만약을 위해 우주비행사들은 맹장과 담낭을 제거하는 것이 좋다. 그렇다면 언젠가는 이 같은 외과 의사들의 의견이 모든 사람을 위한 조언이 될 수도 있을까?

얼마 전에 예방 차원에서 유방을 모두 절제하는 선택을 고려하고 있다는 미국인 친구와 이야기를 나누었다. 그녀는 아직 유방암 징후는 없었지만 이미 50세가 넘었고 가족력도 있으니 유방 없이 사는 편이 더 나을 거라고 했다. 그리고 이미 유방 절제술을 받은 친구도 여럿 있었다. 나는 "하지만 유방은 당신 몸을 구성하는 필수 요소잖아요. 당신의 여성성을 상징하고 당신의 아름다움을 드러내잖아요. 암이라는 진단을 받은 것도 아닌데, 정말로 그냥 제거해버릴 거라고요?"라고 말하고 싶은 충동을 꾹 눌러 참고 고개를 끄덕여 그 사람의 결정에 동의해주었다. "이제 가슴은 나에게 쓸모가 없어요. 그러니 그냥 떼버리는 게 훨씬 안전할 수도 있어요." 그녀는 쓸쓸히 웃으며 말했다.

담낭이나 맹장을 제거하는 일은 비교적 쉽다. 아주 오래전부터 특별한 상징이 있는 것도 아니고 문화적으로도 의미를 갖지 못하게 됐으니까. 하지만 의학 기술이 점점 더 복잡해지면서 우리는 몹시 어려운 문제들에 직면하게 됐다. 우리 신체 기관 가운데 어느 부분이 의학적으로나 심리적으로나 감정적으로 반드시 필요한 부분일까? 나는 내 몸이기는 한 걸까? 나는 내 신체 기관을 어느 정도나 필요로 하고 원하고 있을까?

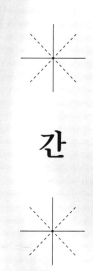

간

Liver

임티아즈 다르커 Imtiaz Dharker

시인이자 화가, 다큐멘터리 영화 제작자. 2014년 퀸스 골드메달 시 부분 수상자이며, *Over the Moon*(2014)과 *Luck Is the Hook*(2018)를 비롯해 여섯 권의 시집을 출간했다.

Liver

간

감정이 머물고 흩어지고 다시 태어나는 곳

장기를 하나 선택해서 글을 써야 한다는 이야기를 들었을 때 나는 "깊은 감정은 간에 들어 있다"는 엄마의 말이 떠올랐다. 고대 로마와 그리스, 아랍 의사들은 간이야말로 진정한 사랑이 머무는 곳이며, 그저 혈액을 돌게 하는 것뿐만 아니라 혈액을 새로 만들고 감정과 기질과 성격을 조절하는 가장 본질적인 역할을 하는 장기라고 생각했다. 시인인 나에게 간은 독특한 창조력과 재생력을 떠오르게 한다.

어렸을 때, 내 친구 캐서린과 나는 항상 서로의 집을 들락거렸다. 캐시의 엄마는 캐시를 자신의 '달콤한 심장 sweetheart'이라고 했고, 엄마는 나를 자신의 '간 조각piece of her liver'이라고 했다. 나는 엄마의 표현을 단 한 번도 이상하다고 여긴 적이 없었다. 엄마가 하는 말을 정확하게 이해했고, 집안의 규칙에 따라 당연히 사용하는 언어도 다를 수밖에 없다고 생각했다.

장기를 하나 선택해서 글을 써야 한다는 이야기를 들었을 때 나는 "깊은 감정은 간에 들어 있다"는 엄마의 말이 떠올랐다. 그렇게 말을 한 사람이 엄마만은 아니다. 고대 로마와 그리스, 아랍 의사들은 간이야말로 진정한 사랑이 머무는 곳이며, 그저 혈액을 돌게 하는 것뿐만 아니라 혈액을 새로 만들고 감정과 기질과 성격을 조절하는 가장 본질적인 역할을 하는 장기라고 생각했다.

화가와 시인들은 항상 자기들의 목적을 위해 의학 지식을 재빨리 훔쳐왔다. 그래서 한 아랍 시인은 "너는 나의 영혼의 영혼, 내 간의 피", "여인의 시선은 내 간에 꽂힌 창살"이라고 노래했다. 또 성경의 예레미야 애가에서 예레미야는 "내 백성의 딸을 파멸케 하니 나의 간은 땅으로 쏟아진다"라고 울부짖는다. 지금도 이집트 무용수들은 최고의 열정을 표현하려면 두 손을 간 위에 포갠다. 그러니 내가 분가했을 때 엄마가 전화로 "내 간이 찢긴 것 같아"라고 말한 것도 당연하다. 그 말을 듣고 있을 때 가슴 오른쪽을 손으로 누르고 있는 엄마의 모습이 눈에 선했다.

나는 복부의 오른쪽 위, 흉곽 속에 안전하게 자리 잡고 앉아 다른 내부 기관이 하지 않는 일(피를 정화해서 깨끗하게 만드는 일)을 하면서도 담즙을 생산하고 독성 물질을 체내에서 제거하는 매끄러운 황갈색 표면의 묵직한 간을 생각했다. 시인인 나에게 간은 독특한 창조력과 재생력을 떠오르게 한다. 파블로 네루다Pablo Neruda가 「간에 바치는 송가Ode to the Liver」를 지어 간을 찬양한 이유도 그 때문이라고 생각한다.

······언제나

어두운 여과 속에서

살아가는······

[······]

빨아들이고 기록하고

[······]

생명체의 효소들에

머물 곳을 주고

이 노래의 파티에서

술을 모아

깨끗하게

치우고 난 뒤에

마지막까지 남아

따뜻하게 작별 인사를 한다.

우리 집에서는 매일같이 간에 대해 이야기를 한다.

엄마는 자기 간뿐만 아니라 아버지의 간에 대해서도 말씀하셨다. 영어를 하셨다면 엄마는 아빠의 절친한 친구를 '부점 버디bosom buddy'라고 불렀을 것이다. 하지만 그런 영어 단어를 모르셨기 때문에 파키스탄 공용어인 우르두어로 지가리 도스트jigari dost라고 불렀다. '간에서 살고 있는 친구'라는 뜻이다. 엄마는 또 언제나 "물러서지 마라, 당당히 맞서라, 용기를 가져라"라고 말씀하셨는데, 그중에 우르두어 '지가르 메 둠 라흐jigar me dum rakh'를 그대로 직역하자면 '간 속에 용기를 계속 간직하라'는 뜻이었다. 엄마에게는 용기도 사랑처럼 간에서 성장하는 자질이었다.

몇 년 뒤에 나는 셰익스피어도 엄마의 말에 동의한다는 사실을 알았다. 맥베스는 "얼굴을 찔러 너의 두려움을 극복하라. 너, 겁쟁이Lilly-liver 소년아!"라고 말한다. 간에 피가 없는 사람은 겁쟁이다. 『십이야Twelfth Night』에서 주정뱅이 노기사 토비 벨치 경은 "앤드루로 말할 것 같으면, 그 몸을 열었을 때 발견할 수 있는 것이라고는 벼룩의 다리나 적실 정도의 피를 가진 간일 거야. 그 나머지 몸은 내가 다 먹어버릴 테니까"라고 했다.

건강한 간은 붉다. 붉은색은 간이 원기 왕성하다는 뜻이다. 옛사람들은 간이 제대로 기능하지 못하는 이유는 육체적으로도 허약하고 정신적으로도 강하지 않기 때문이라고 믿었다(지금도 간장약을 꺼내면서 "내가 성질이 좀 나빠서liverish"라고 말하는 사람이 있다). 만약 누군가에게 "엘리자베스 시대 간의 얼굴Elizabethan liver-faced"이라고 한다면 그 말은 그 사람이 비열하거나 옹졸한 사람이라는 뜻이다. "그 사람은 간이 아프다"라고 말하면 간염이나 간경변을 앓고 있다는 뜻이고, "그 사람의 간은 술 간gin liver이야"라고 하면 알코올 때문에 생긴 간경화증을 앓고 있다는 뜻일 수도 있다.

나는 문제를 겪고 있거나 회복된 간을 조사하려고 런던에 있는 위팅턴 병원에서 회진하는 다리우스 사디그 박사를 쫓아다녔다. 사디그 박사는 환자를 만나러 가기 전에 환자 상태에 관해 퇴원 수속 담당 직원, 정신과 의사, 간호사, 의료지원팀, 인턴들, 학부생들, 작업치료사들과 세심하게 의견을 나누었다.

제일 처음 만난 환자는 C형 간염이 간경변으로 발전하고 있는 애덤이라는 사람이었다. 인슐린성 당뇨를 앓고 있던 애덤은 그 때문에 늘 영양이 부족해서 팔과 다리는 막대기처럼 가늘고 배는 크게 부풀어 올라 있었다. "고통스러운 곳은 없습니까?"라는 의사의 물음에 애덤은 없다고 했다. 하지만 그의 눈은 의사의 얼굴에서 떠나지 않았고, 그의 손은 자신의 배가 대답을 숨기고 있는 문이기라도 한 것처럼 계속해서 배를 두드리고 있었다.

55세인 멜은 간경화증을 앓고 있었는데, 75세는 된 것처럼 보였다. 의사가 기분이 어떤지 묻자 그녀는 "완전히 쓰레기 같다"라고 했다. 멜은 곧 퇴원할 예정이었지만 의사가 "집에 가시면 절대 다시는 술을 마시면 안 됩니다. 술을 마셨다가는 돌아가실 겁니다. 술만 멀리하면 아주 좋아질 수 있습니다"라고 할 때 그녀는 고개를 끄덕이면서도 절대 의사를 똑바로 바라보지는 않았다.

제인은 아주 작은 새 같았다. 남편과 함께 살고 있지만 10년 동안 서로 한마디도 하지 않았다고 했다. 두 사람은 함께 있을 때는 침묵했고, 남편이 집을 나가면 제인은 술을 마셨다.

"환자분의 간에 관해서 아는 것을 말씀해보세요."

의사의 말에 제인이 대답했다.

"문제 있다는 거요."

늘 침묵 속에서 살았던 제인은 단답형으로 짧게 말했다.

"술은 왜 마신 겁니까?"

"불행해서요."

"남편이 학대합니까?"

"아니요."

"간경화인 분이 술을 마시면 죽습니다."

"다신 안 마셔요."

의사는 당연히 격렬한 저항을 예상하면서 묵직한 공격을 가했다.

"알코올 중독 치료를 받으셔야 합니다."

"좋아요."

제인이 대답했다.

49세인 하미다 비비는 지방간과 C형 간염이었다. 두 증상 모두 치료하지 않으면 지방간 질환도 알코올로 생긴 간 질환과 똑같은 결과가 나온다. 간에 반흔이 생기고 결국 간경변으로 발전하는 것이다. 의사는 조기에 간 이식을 받는 것이 좋겠다는 진단을 내렸다.

환자를 만나는 모든 순간에 의사는 내 예상과 달리 몸이 아니라 환자가 사용하는 언어를 탐색했다. 그는 마치 시인들이 말해지는 것과 말해지지 않는 것, 말할 수 없었던 언어에 귀를 기울이는 것처럼 환자의 반응에 들어있는 단서에 귀를 기울였다.

탄아이라는 여인은 64세인데 어린아이같이 눈은 커다랗고 뺨은 붉었다. 당뇨가 있었기 때문에 그녀는 간 이식을 받을 수 없었다. 그녀의 소망은 말레이시아로 여행을 가는 것이었고 의사는 당연히 그 소망을 말리고 있었다. "다른 사람 도움을 받지 않고 나 혼자 걸어 다닐 수 있다니까요"라고 그녀는 누가 묻지도 않았는데 희망에 차서 불쑥 이야기를 꺼냈다. 의사는 비행기를 탈 수 없을 것이라고 대답했다. "정확한 치료 결과가 나오려면 몇 달은 있어야 할 겁니다." 그 말에 그녀는 고개를 끄덕이면서 그래도 웃어 보였다. 그 때문에 나는 잠시 그녀가 의사의 말을 이해하지 못한 거로 생각했다. 하지만 탄아이는 이렇게 대답했다. "좋아요, 당신이 마음을 좀 열면 좋을 텐데." 그렇게 말하고 깔깔 웃는 그녀는 소녀처럼 빛이 났다.

"내 간이 아름답대." 어느 날 불쑥 친구가 내게 말했다. 도대체 그런 사실은 어떻게 알게 되는 걸까? 나의 궁금증에 친구는 대답했다. "간 사진을 찍었는데 의사가 학생들한테 이러는 거야. 아주 아름다운 간이야. 아주 부드럽게 굴곡이 져 있잖아. 게다가 이 멋진 색을 보라고."

간은 기적을 일으킨다. 간은 재생 능력이 있어서 잘라낸 뒤에 다시 자라는 유일한 내부 장기이다. 간은 25퍼센트 이하로 잘라내면 아주 빠른 속도로 다시 원래 크기로 돌아온다.

의사들은 간을 이야기할 때면 프로메테우스 신화를 언급할 때가 많다. 프로메테우스가 자신을 속이고 인간에게 불을 가져다주었다는 사실에 분노한 제우스는 프로메테우스에게 아주 끔찍하고도 기묘한 벌을 내린다. 산등성이에 프로메테우스를 쇠사슬로 묶어놓고 매일같이 독수리에게 배가 찢기고 간을 쪼아 먹히는 벌을 내린 것이다. 프로메테우스의 간은 매일 밤 다시 자랐고, 다음 날이면 같은 벌을 받아야 했다. 영원히 끝나지 않을 벌이었다. 확실히 제우스는 간에 재생 능력이 있음을 알았고(물론 벌을 내리는 시간 간격을 사람의 간이 재생되는 시간이 아니라 쥐의 간이 재생되는 시간에 맞추기는 했지만), 그리스 사람들은 간이 생명과 지능, 불멸하는 영혼이 머무는 곳임을 알고 있었던 것이다.

버밍엄의 한 외과 의사가 아르곤 플라스마 응고법argon gas coagulator(고주파 전류로 생성된 아르곤 플라즈마를 이용해 지혈을 하거나 조직을 태우는 방법. 아르곤 레이저 점막파괴술이라고도 한다)을 이용해 간을 이식하는 복잡한 수술을 하다가 환자의 간에 자기 이름의 이니셜을 새긴 이유는 아마도 자신이 신과 같은 일을 한다는 생각에 도취했기 때문일 것이다. 그 의사는 몇 년 뒤에 다른 외과 의사가 그 환자를 수술하던 중 그 이니셜을 발견하는 바람에 유죄 선고를 받았다. 병든 간의 표면이 옅은 노란색으로 변하는 바람에 이니셜이 눈에 띄게 되었다고 하는데, 그 의사가 같은 범행을 여러 번 저질렀다는 것도 밝혀졌다.

그 의사가 환자의 간에 자기 이니셜을 새긴 이유는 어쩌면 불멸 위에, 다시 말해서 영원 위에 자신의 이름을 남기고 싶다는 소망 때문이었는지도 모르겠다. 나는 이란 시인 루미Rūmī의 시 한 구절이 떠올랐다. "샴스 타브리즈, 이 미친 심장이 당신의 이름을 나의 간 위에 새겼다." 엄마가 간암으로 돌아가셨을 때, 나는 엄마의 간에 덩어리가 있었다는 말을 들었다. 나는 엄마 간의 덩어리가, 간을 옭아맨 그 고통이 보이는 것만 같았고 마치 거기에 내 이름이 쓰인 것처럼 느껴졌다.

고대 그리스와 로마, 그리고 아프리카에서는 앞으로

일어날 일의 징후나 전조를 살필 때 희생 제물의 간 표면을 살펴보는 것이 일반적이었다. 성서에서 선지자 에스겔은 바빌론의 왕이 예루살렘을 공격하기 전에 조언을 구했다고 말한다. "그는 우상들에게도 물어보고 희생 제물의 간을 들여다보기도 했다(에스겔 21장 21절)." 플라톤도 뇌 속에 살고 있는 이성적인 영혼이 간의 빛나는 표면으로 형상을 투사한다고 믿었다.

프로메테우스의 신화에서 알 수 있듯이 그리스 사람들은 2,000년 전에 간에 재생 능력이 있다는 것을 분명히 알았는데, 그 지식은 동물의 간이 스스로 재생되는 모습을 관찰했기에 알게 되었을 것이라고 추측된다. 그런데 실제로 간을 일부 잘라낸 쥐가 몇 시간 안에 다시 간을 재생하는 모습을 관찰하고 입증한 사람들은 1931년, 히긴스Higgins와 앤더슨Anderson이었다.

1963년에 토마스 스타즐Thomas Starzl 박사는 최초로 사람 간 이식 수술을 실시했으며(불행하게도 그 환자는 수술 중 과다 출혈로 사망했다), 1967년에는 어린아이에게 간 이식 수술을 하는 데 성공했다. 이 아이는 간 이식 수술을 받고 1년 동안 생존했다. 이후 로이 칸Roy Calne 경이 계발한 면역 억제제 사이클로스포린Cyclosporine 덕에

간 이식 수술 성공률이 높아져 이제는 전 세계적으로 자기 스스로 간을 재생할 수 없는 반흔을 가지고 있거나 간손상을 입은 환자들이 간 이식 수술을 받고 있다. 하지만 뇌사 간 기증자는 부족하고 가난한 나라에서 간을 구입해 오는 국제 불법 거래와 생체 장기 제공자에게 간을 기증받는 합법적인 간 이식 수술이 늘고 있다.

부모 가운데 한 명이 기증자가 되어 자녀에게 간을 이식하는 경우도 아주 많다. 부모가 아이에게 간을 기증한다는 이야기를 들으면 나는 "아이는 부모 간의 일부"라고 했던 엄마 말이 떠오른다. 살아있는 사람이 간을 기증할 때는 전체 간의 70퍼센트를 차지하는 우엽에서 잘라내는데, 남은 좌엽이 재생해 6주가 지나면 간은 완전히 제 기능을 할 수 있을 정도로 자란다. 간을 기증받은 사람 가운데 간이 재생되는 비율도 70퍼센트에 이른다.

가장 최근 소식에 따르면, 17세 소녀와 11개월밖에 되지 않은 아기가 동시에 간 이식 수술 명단에 올랐다. 의료진은 기증받은 간의 70퍼센트를 17세 소녀에게 이식했고 30퍼센트는 11개월된 아기에게 이식했다. 하나의 간을 나누어 받아 두 사람 모두 생존할 기회를 얻었다.

영국 축구 선수인 조지 베스트George Best는 간에 문제가 생긴 후 "나는 술을 마시고 빠른 차를 사는 데 많은 돈을 썼다. 나머지는 그저 마구 낭비해버렸다"라는 말을 한 것으로 유명하다. 그는 국민건강보험 덕분에 간 이식 수술을 받았다. 하지만 그 뒤로도 엄청나게 많은 술을 마셨고 3년 뒤에 세상을 떠났다. 조지 베스트 때문에 간을 기증하겠다는 사람들의 수가 감소했다고 말하는 의사들도 있다. 이제는 간을 기증받는 사람이 술을 멀리하고 금주하겠다고 약속을 하고 신뢰를 얻어야만 생체 장기 제공자에게서 간을 기증받을 수 있다. 간은 마음대로 낭비해도 상관없는 소비재가 아니라 귀한 선물이기 때문이다.

간은 사람에게나 동물에게 필요한 영양소를 공급해주는 아주 귀중한 음식이기도 하다. 상어나 물개를 잡은 범고래는 스테로이드계 호르몬을 만드는 재료인 스쿠알렌squalene이 다량 들어있는 간만 빼먹을 때가 많다. 누비아인들은 낙타의 생간을 아주 맛있는 음식이라고 생각한다. 프랑스 사람들은 푸아그라를 만들려고 엄청난 사료를 거위에게 먹여 거위의 간이 정상 크기보다 몇 배 이상 커지게 만든다(영화 〈양들의 침묵〉에서 한니발 렉터 박사가 잠두콩과 키안티 와인과 함께 먹었다던 간 요리를 잊을 수 있는 사람은 없을 것이다).

내가 사는 곳에서 조금만 내려가면 스미스필드 정육점이 있는데, 그곳에서 요리사들은 즙이 많은 송아지 간을 두고 흥정을 벌인다. 인도 뭄바이의 벤디 시장에서는 양의 간을 잘게 잘라 칠리와 커민 향신료와 함께 철판에 구운 요리를 10루페에 판다. 전 세계 많은 사람이 온갖 종류의 물고기와 동물의 간을 소비한다. 간은 얇게 잘라 양파와 함께 구워 먹기도 하고, 테린이나 빠테로 만들어 먹고, 만두처럼 소로 넣어 먹고 파이나 빵으로 만들어 먹고, 소시지나 해기스처럼 내장에 채워서 먹는다.

주치의의 충고로 엄마는 일주일에 한 번씩 내 코를 잡고 지독한 냄새가 나는 대구 기름을 목에 들이부었다. 비타민 A와 비타민 D를 먹이고 싶었기 때문이다. 결국 내가 침묵시위를 풀고 엄마를 용서하겠다며 안아주면 엄마는 "네 덕분에 내 간이 식는 것 같아"라고 말씀하셨다. 나는 엄마가 어떤 기분을 느끼든지 간에 그 기분이 느껴지는 장소가 어디인지를 정확히 알 수 있었다. 엄마의 기분은 엄마의 중심부, 엄마의 간 속에 있었다.

창자

Intestines

나오미 앨더먼 Naomi Alderman

소설가이자 게임 디자이너. SF 소설 *The Power*(2016)로 2017년 베일리스 여성문학상을 받았다. 첫 소설 *Disobedience*(2006)는 동명의 영화로도 제작되었다.

Intestines
창자

우리가 몸으로 할 수 있는 가장 지독한 농담

장의 한쪽 끝에는 여러 가지 즐거움을 만끽하는 장소인 입이 있다. 그 반대쪽 끝에는 항문이 있다. … 이런 상황은 인간 생물학이 하는 지독한 농담 같다. 우리를 저 높은 곳에서 저 깊은 곳으로 끌어내려 어떤 황홀경에 휩싸이든지 본질적으로는 언제나 똥으로 가득 차 있음을 상기시키는 것 같다. 똥이 웃긴 이유는 바로 그 때문이다. 웃지 않았다가는 울 수밖에 없을 테니까.

프로이트는 항문이 생식기 가까이에 있다는 것이 사람이 겪는 노이로제의 모든 원인은 아니라고 해도 확실히 상당히 많은 비중을 차지한다고 말했다. 물론 요즘은 프로이트와 거리를 두며 '나는 그렇게까지 멀리 가지는 않을 거야'라거나 '프로이트는 정말 성에 집착했어'라고 말하는 것이 대세다. 하지만 나는 그렇게까지 멀리 한번 가보려고 한다. 그리고 진실로 대부분의 인간은 성에 집착한다.

솔직히 말해서, 장은 골칫덩이다. 장이 하는 일은—우리 몸의 내부 기관이 모두 그렇듯이—신비롭고 당혹스러울 뿐 아니라, 참을 수 없을 정도로 까다롭다. 장이 상징하는 것들을 떠올려보면 프로이트의 말이 뜻하는 바를 이해할 수 있을지도 모른다.

장의 한쪽 끝에는 여러 가지 다른 즐거움을 만끽하는 장소인 입이 있다. 그 반대쪽 끝에는 항문이 있다. 항문은 썩은 냄새를 풍기고 더러우며 독한 방귀를 생산한다. 그뿐이 아니다. 역시나 냄새도 끔찍하고 질병도 유발하는 끈적끈적하고 지독한 갈색 오염물질인 똥도 만든다. 그 독한 물질은 우리 몸 밖으로 빠져나간다. 그저 몸 밖으로 빠져나가는 것이 아니라 우리에게 엄청난 기쁨을 주는 신체 기관 바로 옆에 있는 구멍을 통해 밖으로 나간다. 어른이 되었음을 알리고 새로운 생명을 잉태할 수 있게 해주는 중요한 신체 기관 옆에 있는 구멍으로 말이다. 이런 상황은 인간 생물학이 하는 지독한 농담 같다. 우리를 저 높은 곳에서 저 깊은 곳으로 끌어내려 어떤 황홀경에 휩싸이든지 본질적으로는 언제나 똥으로 가득 차 있음을 상기시키는 것 같다. 똥이 웃긴 이유는 바로 그 때문이다.

우리가 똥을 생각할 때마다 웃어야 하는 이유는 그 때문이다. 웃지 않았다가는 울 수밖에 없을 테니까.

『죽음의 부정The Denial of Death』으로 퓰리처상을 받은 어니스트 베커Ernest Becker는 항문과 그 항문이 생산하는 배설물은 단순한 농담이 아니라고 했다. 테러라고 했다. 항문과 변은 우리 살이 부패한 모습을, 우리 모두를 기다리고 있는 운명을 보여준다. 아이는 스스로 이렇게 묻고 답할지도 모른다. "나는 무엇일까? 나는 훌륭하고 극찬을 받고 건강하고 맛있고 형형색색이고 굉장한 음식을 먹는 존재야. 그런 음식을 먹은 다음에는 어떤 일이 생길까? 똥으로 변하는 거지!" 매일 조금씩 부패하는 과정은 피할 수 없다. 죽음은 피할 수 없는 운명이다. 베커는 "항문과 항문이 만드는 이해할 수 없는 불쾌한 생산물은 물리적 결정론과 한계뿐 아니라, 육체를 가진 모든 존재의 숙명인 '부패와 죽음'을 나타낸다"라고 했다.

내 친구의 세 살짜리 딸이 어느 날, 자기가 먹은 음식이 어떻게 되는지를 물었다. 친구는 "몸에서 필요한 에너지를 흡수하고 나머지는 똥이 되는 거야"라고 답해줬다. 그 말을 들은 아이는 정말 서럽게 울었다. "아니야, 엄마.

아니야, 아니야!" 아이는 계속해서 아니라는 말을 멈추지 않았다. 작가 줄리언 반스Julian Barnes도 『웃으면서 죽음을 이야기하는 방법Nothing to Be Frightened Of』에서 자신이 가지고 있는 '죽음 공포증'을 자세하게 설명하면서 같은 슬픔을 표현했다. 밤에 깨어난 반스는 "홀로, 오롯이 홀로, 주먹으로 베개를 치면서 '오, 안 돼, 오, 안 돼, 오, 안 된단 말이야!'라고 고함을 지르면서 울부짖었다." 똥은 죽음이다. 죽음은 심각한 일이다. 우리는 똥을 보며 웃는다. 똥은 너무나도 심각해서 절대로 심각하게 받아들일 수가 없다.

입과 항문, 그리고 그 사이에 있는 창자는 아름다움을 부패로, 군침 도는 식욕을 구역질로 바꾸어버린다. 이곳이야말로 우리가 우리 몸과 맺는 관계에서 가장 중요한 곳이다. 이곳에서 우리는 우리의 마지막 유산이 될 부패와 부식을 매일같이 경험한다. 몸은 신비롭다. 우리야말로 우리가 풀어야 하는 수수께끼다. 그리고 그 가운데 가장 큰 수수께끼는 바로 여기, 창자이다. 음식을 전혀 다른 형태로 바꿀 능력을 가진 우리는 대체 어떤 존재일까?

내가 20대 초반이었을 때, 당시 50대 중반이었던 엄마가 갑자기 장이 파열돼서 병원으로 실려 간 적이 있다. 엄마의 장이 파열된 이유는 명확하게 밝혀지지 않았다. 장이 감염됐기에 파열되었을 수도 있고, 나를 낳으면서 받은 제왕절개 수술 때문에 장이 약해져서 그럴 수도 있고, 전적으로 다른 이유 때문일 수도 있었다. 엄마는 장이 아무는 18개월 동안 대변을 받아주는 인공항문 주머니를 차고 다녀야 했고, 가족들은 안타까우면서도 괴롭게 엄마의 장이 하는 일을 직접 목격해야 했다. 외할머니도 50대 중반에 장이 파열됐다. 그러니 나는 내 배를 쳐다볼 때마다 그것이 나를 위해 무엇을 준비해놓았을지 궁금해진다.

그런데 여기서 끝이 아니다. 우리 집안 이야기가 누군가의 소설이라면, 그 책을 읽고 위와 장과 소화기관에 설정한 상징들이 조금은 과장됐으며, 너무 뻔하다고 투덜대는 독자도 있을 것이다. 가까운 친척 중에는 위장의 조임근 하나가 붙어버린 유문협착증을 가지고 태어난 아기도 있다. 어머니가 의사에게 무언가 정말로 잘못된 점이 있다는 사실을 설득하는 내내 아기는 발작성 구토를 해야 했다. 결국 태어난 지 며칠 만에 수술을 받았고, 그 작은 배에 아주 긴 흉터가 남았다.

위장이 음식을 거부한 건 우리 집 이야기의 한 단면일

뿐이다. 우리 집안에는 영양분이라면 무엇이든지 아주 효율적으로, 아주 즐거워하면서, 마음껏 받아들이는 위도 있다. 나는 뚱뚱하다. 우리 아빠도 뚱뚱하다. 우리 할머니도 뚱뚱했다. 고모도 뚱뚱했다. 고모가 체중 감량 모임의 리더가 되기 전까지는 말이다. 우리 가족 이야기는 먹음과 먹지 못함, 소화와 소화 불량, 몸을 따라 음식이 잘 내려가는 일과 음식이 체하는 일이 복잡하게 얽혀있다.

집안에 이런 이야기가 있는 것이 우리 가족만은 아니라고 생각한다. 우리는 음식과 다이어트에 강박적으로 집착하는 문화 속에서 살고 있다. 현대인들은 지방과 설탕으로 계속 화려한 음식을 만들어낸다. 버터 크로아상을 도넛처럼 튀긴 크로넛을 누가 거부할 수 있을까? 그러면서도 현대인들은 비만을 받아들이지 않는 사회 분위기에서 일주일 중 이틀은 아무것도 먹지 않는다거나 위 절제를 하는 등 훨씬 극단적으로 다이어트를 시도한다.

텔레비전에서 유명한 요리사들이 초콜릿 소스나 꿀, 버터 뿌리는 모습을 보고, 제이미 올리버Jamie Oliver의 대담한 텔레비전 쇼 '네이키드 셰프The Naked Chef', 니겔라 로슨Nigella Lawson의 교태를 담은 표정, 요리 프로그램 '더 F 워드The F Word'가 시작되자마자 옷을 벗어 던지는 고든 램지Gordon Ramsay처럼 음식을 섹스와 연결 짓는다. 그러면서도 식이장애를 앓는 사람은 많아지고, 문화적으로 이상적인 아름다움은 포토샵으로 보정한 깡마르고 깡마른 사람이 되어 현실 세계 사람들의 모습은 그 누구도 충분히 마르지 못한 것처럼 여겨진다. 2018년에만 해도 영국에서 식이장애로 병원에 입원한 젊은 사람은 2016년에 비해 8퍼센트나 증가했다.

우리는 음식을, 소화를, 우리 위를 걱정한다. 창자는 우리의 불안이 머무는 곳이다. 우리의 불안에는 의미가 있다. 무언가를 걱정한다는 것은 그것에 사로잡혀 있다는 뜻이다. 한 가지 일을 계속해서 걱정한다는 것은 어느 정도는 그 생각을 즐기고 있다는 뜻이다. 음식과 먹는 행위를 계속해서 생각할 때 얻게 되는 만족은 무엇일까?

나는 음식과 먹는 행위를 계속 생각하는 이유는 죽음의 본능(타나토스)과 관계가 있지 않을까 생각한다. 빅토리아 시대 사람들은 죽음에 집착했지만 섹스에 관해 말하는 것은 견딜 수 없어 했고, 현대인들은 그 반대라는 말이 있다. 그러니까 안으로 들어오는 것을 말할 것이냐, 밖으로 나가는 것을 말할 것이냐의 문제이다. 우리는 음식과 젊음과 섹스를 이야기한다. 그리고 모든 일의 처음을 말한다. 봄이 시작되는 첫날이 영원히 계속될 것처럼 언제나 처음 속에서 살아간다. 충분히 먹은 것인지, 너무 많이 먹지는 않았는지, 제대로인 음식을 먹었는지, 하는 음식에 관한 걱정을 하고 또 한다. 그러면서 우리 몸에서 빠져나간 똥은 그저 깨끗한 물로 쓸어내려 버리고 다시는 똥에 관해, 그리고 똥을 보면 떠오르는 것에 관해 생각하지 않는다. 우리가 젊음에만 집중하면 노인들은 요양원에 보내버리고 굳이 쳐다볼 필요도, 생각할 필요도 없다. 우리가 항상 모든 일의 시작인 섹스에 관해서만 이야기하면 모든 일의 끝인 죽음을 언급할 여유는 없다.

그렇다면 똥 때문에 즐거울 가능성이 있기는 할까? 똥 때문에 즐거울 수 있는 법을 익힌다면 우리 사회가, 그리고 우리 개인이 좀 더 나은 존재가 될 수 있을까? 나는 그러리라고 생각한다. 그리고 소름 끼치는 대변 생산 기계인 창자가 하는 일을 완벽하게 이해하면 똥 때문에 즐거워지는 일도 충분히 가능하리라고 믿는다.

당연히 똥은 사람을 기쁘게 할 수 있다. 변비로 고생해본 사람이라면 누구나 그 사실을 인정할 것이다. 얼마 전에 나의 오빠 부부가 아기를 낳았다. 그 아기는 나를 고모로 만들어준 첫 번째 조카다. 조카가 아주 길고 건강한 똥을 누었을 때, 오빠 부부는 전율했고 당연히 우리 가족도 모두 전율했다. 대변 상태가 좋다는 건 모든 상태가 제대로 돌아가고 있다는 뜻이었다. 입으로 들어간 것들이 아무 문제없이 밖으로 나온다는 뜻이었다. 배설은 의미가 있다. 인생이 어떻게 진행되어야 하는지를 알려준다. 죽음도, 적어도 아주 길고 유용한 삶을 산 뒤에 오는 죽음도 당연히 그와 같은 의미를 갖는다. 자연은 죽음이 하는 일을 알고 있을지도 모른다. 우리 손을 완전히 벗어나 있는 부패라는 과정이 죽음이 담고 있는 아름다움일 수도 있다.

위장에 있는 뉴런과 지금도 우리 장에서 살아가는 박테리아의 본질을 알아보려는 시도는, 자연은 알고 있지만 우리는 알지 못하는 멋진 사실을 알아보려는 출발점으로 적당하다. 위장에 뇌세포가 있다는 사실을 알고 있는지? 실제로 우리의 소화관은 뇌세포로 덮여 있다. 소화관에는 고양이 머리에 들어 있는 뉴런만큼이나 많은 뉴런이 있다. 고양이는 무엇을 알고 있을까? 무엇이 좋고 무엇이 역겨운지, 누구를 믿어야 하고 누구를 피해야 하는지, 좋은 음식은 어디에서 구하고, 먹이는 어떻게 사냥

하는지 등을 알지 않을까? 우리 위장도 바로 그런 사실들을 알고 있는지 모른다. 아주 원초적인 본능gut instinct을 뜻하는 단어가 '장이 느끼는 직감'인 것은 당연한 일이다.

장에 있는 뉴런은 뇌에서 감정을 맡은 부분 바로 옆으로 들어가는 미주신경vagus nerve을 통해 뇌와 직접 연결되어 있다. 위는 우리가 모르는 일을 알고 있는 것 같다. 한 실험에서 음식 맛을 보거나 냄새를 맡거나 씹지 못하도록 음식을 관을 통해 위에 넣는 실험을 했다. 참가자들은 영양 성분은 같아도 자신이 좋아하는 음식이 섞인 실험물이 위로 들어갔을 때 더 행복해했다. 당신의 위는 무언가를 알고 있다. 위에는 정말로 상황을 파악할 수 있는 나비가 살아간다. 위에 있는 뉴런이 그곳에서 일어나는 일을 고민하기 때문이다.

우리 몸에는 우리가 확실하게는 느낄 수 없는 부분이 있다(어쩌면 우리를 이루는 '상당히 많은 부분'이 사실은 그런지도 모른다). 미국의 작가 시리 허스트베트Siri Hustvedt는 『요동치는 여자The Shaking Woman』에서 요동치는 감정에 시달릴 때면 느껴야 하는 이중성에 관해 언급했다. 허스트베트는 "강력한 '나'라는 존재와 통제할 수 없는 다른 존재"를 동시에 느낀다고 했다. 지능으로 가득 찬 우리 몸, 뉴런으로 가득 찬 우리 위는 어떤 의미로는 우리 안에 있는 다른 '존재'로 뇌와 소통하지만 완벽하게 뇌의 일부는 아닌 존재이다.

그런데 장 안에는 훨씬 더 '통제하기 어려운' 실재하는 '다른 존재'가 있다. 우리는 우리 자신을 살이라는 포장지에 싸인 단일하고 일관된 존재라고 생각한다. 피부라는 바깥 부분으로 감싼 안쪽 부분을 전부 '우리'라고 생각한다. 하지만 아니다. 우리 장에는 마이크로바이옴이라는 작은 유기체들이 형성한 생태계가 있다. 이 미생물들은 요구르트 광고에 자주 등장하는 몸에 '좋은 세균'이다. 장에 서식하는 미생물 세포는 우리 몸의 조직을 이루는 세포보다 훨씬 작아서 사실 우리 몸에는 순수한 '우리' 세포보다 장에 거주하는 미생물 세포가 훨씬 많다. 내 피부 안에 존재하는 세포에 각자 투표권을 하나씩 주고 대표자를 선출해보라고 한다면 '나'는 분명히 우리 몸을 대표하는 군소 대표조차 될 수 없을 것이다.

터무니없는 비유라고 생각할 수도 있지만, 전혀 아니다. 장내 미생물군은 우리의 감정과 건강에 영향을 끼칠수 있다. 장내 미생물군의 다양성이 증가하면 우울증부터 류머티즘성 관절염에 이르기까지 거의 모든 건강 문제를 개선할 수 있다(우리 장은 분명히 비례대표제 정부와 같아서 다양하면 다양할수록 더욱 좋다). 장내 미생물들은 우리가 자신들이 좋아하는 음식을 더 많이 먹도록 유도하는 호르몬을 방출한다. 그런데 장에서 의도적으로 배양할 수 있는 미생물은 전체 장내 미생물 중 5퍼센트 정도에 불과하다. 나머지 95퍼센트는 우리가 어찌할 수 있는 게 아니다. 즉 신원이 확인되어 장에 좋은 요구르트에 첨가해 몸에 넣을 수 있는 미생물은 전체의 5퍼센트에 불과하며, 나머지는 현재 한참 진행 중인 유전자 염기서열 분석 작업이 끝나 유전자를 완전히 확인할 때까지 기다려야 한다.

하지만 지금 당장 장내 미생물을 모두 확보해야 할 정도로 건강이 좋지 않은 사람이라면, 대변을 이식해도 된다. 여기서 잠깐! 당신이 생각하는 그것이냐고? 맞다. 바로 그걸 하는 거다. 건강한 사람의 '황금 똥'을 액체나 관장약의 형태로 건강이 좋지 않은 사람의 장에 집어넣는 방법은 놀라운 치료 효과가 있다. 몸에 들어온 다른 사람의 '황금 똥' 덕분에 장 속에서는 새로운 미생물 공동체가 형성되며, 대변을 이식받은 사람의 건강 상태가 호전된다. 대변 이식은 류머티즘성 관절염을 치료하고 결막염을 일으키는 지독한 병원균Clostridium difficile을 제거하는 등 다양한 효능이 있다. 하지만 집에서 시도하면 안 된다.

그러니까 우리가 역겨운 똥을 보면서 '도대체 내 몸에서 어떻게 저런 게 나올 수가 있지?'라고 생각할 때 상상하는 것보다 우리 창자 안에서 일어나는 일은 훨씬 신비롭고 놀라우며, 훨씬 복잡하고 영리하다는 사실을 잊지 말아야 한다. 몸 한가운데에 아름답고 복잡하게 자리 잡고 있는 이 구불구불한 미로는 뇌세포를 품고 있으며, 제 나름의 욕망을 품고 있다.

이 같은 사실은 우리가 가장 관심을 두고 있는 주제인 죽음에 관해서도 같은 위로를 해준다. 나는 음식이 소화되는 방법을 모르지만 내 창자는 알고 있다. 특정 상황에서 어떤 식으로 불안해하고 어떻게 느껴야 하는지도 알고 있다. 나는 내가 어떻게 죽을지를 알 수 없지만, 내 몸은 알고 있을지도 모른다.

지금 내가 쓰고 있는 에세이라는 글을 발명한 프랑스 사상가 몽테뉴는 말 위에서 떨어져 큰 부상을 입고 거의 죽을 뻔했다. 친구들은 옷을 움켜잡고 고통스러워하는 그를 보면서 경악했지만, 오히려 몽테뉴는 그때 평온하고도 행복한 기분을 느꼈다. 몸이 회복된 뒤에 몽테뉴는 죽음의 문턱 가까이 갔던 일을 글로 남겼다. "어떻게 죽어야 할지 모르더라도 걱정하지 말라. 죽어야 하는 순간이 되면 어떻게 대처해야 할지 자연이 완벽하고도 소상하게 일러줄 것이다. 자연은 그대를 위해 완벽하게 그 일을 해낼 테니, 굳이 죽음을 생각하느라 그대가 고민할 필요는 없다."

문화가 낳은 음식 노이로제 덕분에 우리는 우리가 끝이 아닌 시작에 집착하고 있음을 알게 되었다. 끝이 없는 것이 분명한 소비자본주의가 부추기는 욕망 때문에 우리가 고통을 받는 이유는 바로 그 때문이다. 결국 모든 것을 똥으로 만들어버릴 것이라는 사실을 알면서도 그런 생각을 하지 않겠다며 거부하는 이유도 바로 그 때문이다. 하지만 우리에게 필요한 것은 현대 서구 사회에서는 거의 논의되지 않는 것, 그러니까 아주 소박한 믿음일 수도 있다. 우리는 자신이 똥을 어떻게 만드는지 모를 수도 있지만 우리의 창자는 똥을 만드는 법을 안다. 어떻게 죽을지 이해할 수 없을지 모르지만 몸이 우리를 죽음에 이르게 해줄 것이다. 우리는 생각보다 더 많이 알고 있다. 그러니 '우리'가 알 필요는 없다는 것, 그것을 알면 된다.

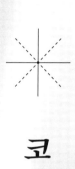

코

Nose

A. L. 케네디 A. L. Kennedy

단편소설, 비소설, 학술서, 스탠드업 코미디 각본을 쓰는 스코틀랜드의
소설가. *Day*(2007)는 올해의 코스타 도서상을 수상했으며, *Serious
Sweet*(2016)는 맨부커상 후보작에 올랐다.

Nose
코

후각은 의식보다 빠르게 기억을 소환한다

어떤 특정한 냄새들은 단순히 동물적인 침범이 아니다. 그 냄새들은 시간 여행이며 기쁨이고, 고향이자 비통함이다. 나는 나의 할아버지가 돌아가시고 몇 년이나 흐른 뒤에 거리를 걷다가 한 남자에게서 맡은 할아버지의 애프터셰이브 로션 냄새를 잊을 수가 없다.

러시아 작가 니콜라이 고골Nikolai Gogol의 단편소설 「코」에는 어느 날 자고 일어나니 코가 사라져버린 코발 료프라는 공무원이 나온다. 코뼈가 튀어나와 있어야 할 자리가 그저 평평하고 매끈할 뿐이었다. 코발료프는 코가 없으면 일을 할 수도 없고 먹을 수도 없으며, 심지어 밖으로 나가는 것도 두려운 일일 뿐임을 알게 된다. 더 최악인 것은 코발료프에게서 해방된 코가 성공을 지향하는 사람들의 옷차림처럼 '금몰(금실을 꼬아서 만든 끈)이 달린 깃 높은 제복과 벅스킨 바지를 입고 계급장이 달린 모자를 쓰고' 상트페테르부르크를 돌아다닌다는 점이었다.

고골 자신도 큰 코로 유명했다. 하지만 이 소설은 개인의 이야기라기보다는 터무니없이 계급에 집착하는 전제군주국 러시아를 풍자한 것이다. 그래도 이 소설에는 코와 관련된 지혜가 가득하다.

살아가는 동안 코는 용감하게 우리보다 앞서 나아가며 시간이 지나면 부드럽게 밑으로 처지면서 자라는 것처럼 보이는데, 어쩌면 그런 변화는 성숙해지고 지략이 풍부해짐을 나타내는 것인지도 모른다. 코는 우리가 표정을 지을 수 있게 해준다. 코가 없거나 손상되면 아주 이상한 얼굴이 되기 때문에 오래전부터 사람들은 코가 손상되면 진짜 코 대신 붙일 가짜 코를 활용해왔다. 16세기에 살았던 천문학자 튀코 브라헤Tycho Brahe는 황동으로 만든 코를 붙이고 다녔다(튀코는 대학에 다니던 시절, 수학 공식 때문에 사촌과의 의견 충돌로 결투를 벌이다 코 대부분이 잘려 나갔다. 이후 그는 가짜 코를 붙이고 다녔다). 제1차 세계대전에 참전했던 안면 손상 부상병들은 섬세하게 색칠한 주석 코를 달았고 아주 조악한 피부 이식 수술을 받았다. 최초로 기록된 이식 수술은 1795년경에 인도에서 이뤄졌다. 성형 수술은 이제 우리의 코를 만들거나 복원하는 데 큰 역할을 한다. 현재 코를 만들거나 복원하는 성형 수술을 하는 사람은 아주 많다. '코 성형 수술'이 엄청난 인기라는 사실은 사람들 앞에 내놓는 기관을 완벽하게 보이게 하는 일이 사람의 자부심에 아주 큰 영향을 미친다는 사실을 단적으로 보여준다.

우리 코가 보유한 후각은 우리 의식보다 훨씬 빠르게 기억을 소환해 음식의 맛을 떠오르게 한다. 우리가 맛을 느낄 수 있는 이유는 상당 부분 냄새 때문이다. 내 말을 믿지 못하겠다면 사과를 먹으면서 석유 냄새를 맡아보시길! 사고나 병으로 후각을 상실해 냄새를 맡지 못하면 보통 점차 식욕을 잃게 되고 먹는 즐거움도 사라진다고 한다.

냄새는 마음도 바꿀 수 있다. 쓰레기 냄새를 맡으면 윤리적 판단력에 영향을 미칠 수 있으며, 정치적으로 좀 더 보수적으로 바뀐다고 한다. 집을 구할 때 능수능란한 부동산 중개업자가 무리해서라도 당신에게 따스한 바닐라 냄새를 맡게 하는 것은, '음, 이 아파트는 꼭 사야겠어. 어릴 때 먹었던 케이크 냄새랑 그 시절 행복했던 기억이 떠

올라' 하고 생각하게 만들기 위해서다. 매 순간 들이마시는 숨은 말하고 노래하고 맹세하고 살아갈 수 있는 기운을 우리에게 불어넣는다. 우리의 민감한 후각망울olfactory bulb은 특정한 화학물질을 감지할 수 있어서 수백 가지 물질이 섞여 있는 커피 향기 속에서도 로즈옥사이드 이성질체를 감지하고 우리 뇌를 행복하게 해준다.

실제로 우리 코에는 구멍이 네 개 있다. 두 개는 외부에 있고 나머지 두 개는 목구멍 입구 옆 비강 뒤쪽의 오른편에 있다. 콧구멍은 복잡한 냄새를 파악하고 냄새가 나는 위치를 알아내려고 계속해서 진동한다. 외부 콧구멍은 한쪽 구멍마다 1,000개 정도 되는 털이 나 있다. 코털은 한때 우리의 수염이었다. 한 번 숨을 쉴 때마다 코털은 들어오는 공기를 청소해주는 역할을 하는데, 코에서 분비되는 점액도 같은 역할을 한다. 코점막 세포 표면에 있는 미세한 섬모를 자극하면 분비되는 점액에는 질병을 물리치고 꽃가루를 막는 화학물질이 들어있다. 우리 코는 매일 1만4,000리터에 이르는 공기에 습기를 더해 편안하고 효과적으로 숨을 쉴 수 있게 해준다. 코 없이 집 밖으로 나갔다가는 위험에 처할 수도 있다는 코발료프의 걱정은 충분히 근거가 있는 셈이다.

이 세상을 살아가는 나는 사람들과의 관계를 망치지 않으려고 코에 의존한다. 나에게는 끔찍한 안면 인식 장애가 있지만 잠깐 스쳤어도 그 사람의 냄새를 기억해 수년 동안 잊어버리지 않는다. 하지만 내 장애를 거듭 설명하면서 나는 냄새에 관한 언급은 사교 관계에서는 그 자체로 재앙이 될 수도 있음을 깨달았다. 냄새는 너무나도 사적이고 동물적이며 원초적이다. 냄새는 그저 언급하는 것만으로도 히스테리까지는 아니어도 어색한 웃음을 불러일으킨다. 더구나 우리의 복잡하고 유용하고 멋진 코는 심심찮게 농담거리로 전락하고 만다.

우리는 코를 보고 웃는다. 붉은 코는 어릿광대의 모습에서 유일하게 무섭지 않은 부분이다. 어릿광대의 다른 모든 부분 없이 코만 있어도 우리는 그 코를 보는 즉시 즐거워진다. 어쩌면 이런 반응은 늘 술에 취해 있거나 노숙하는 부랑자들, 거친 야외 노동자들처럼 모세혈관이 터져서 코가 빨개진 사람들을 조롱하는 공식적인 방법일 수도 있다. 어릿광대가 위협적으로 보인다면 그 이유는 그들이 우리를 잡으러 오는 가난한 무법자의 흉내를 제대로 내고 있기 때문일지도 모른다.

막스 형제Marx Brothers는 엄청난 재능을 지니기도 했지만, 자신들의 인상적인 코 덕분에 수월하게 코미디언으로서의 삶을 시작할 수 있었던 것도 사실이다. 지금도 장난감 가게에 가면 수염이 난 웃긴 코와 눈썹을 붙인 코안경을 살 수 있다. 인상적인 코는 그 주인보다 훨씬 오랫동안 살아남는다. 아인슈타인은 천재였고 소통하는 능력이 뛰어난 사람이었다. 하지만 영원히 지속되는 그의 명성이 전적으로 사람들 마음을 사로잡는 이론물리학이라는 매력적인 학문 때문에 생긴 것이라고 할 수 있을까? 어쩌면 그의 눈에 띄는 친근한 코가 평범한 사람들로서는 이해하기 어려운 개념들을 어느 정도는 따뜻하고 친근한 것처럼 느끼게 해준 게 아닐까?

17세기에 세계 최초로 과학 소설을 썼지만 그다지 잘 알려지지 않은 프랑스 작가 시라노 드 베르주라크Cyrano de Bergerac는 기형적으로 큰 코에 기행을 일삼고 논쟁과 결투를 서슴지 않았던 사람이다. 그를 모델로 세계적 명작인 희곡『시라노 드 베르주라크』를 쓴 19세기 프랑스 극작가 에드몽 로스탕Edmond Rostand은 시라노의 코를 한껏 부풀려 사람들이 절대 잊지 못할 주인공을 창조해냈다. 시라노의 이야기는 너무나 비극적이라 우리가 그 코를 보며 마음껏 웃기는 어렵다. 지미 두란테Jimmy

Durante(아주 큰 코가 트레이드마크인 미국의 가수이자 코미디언, 배우)가 다정한 사랑의 노래를 부르는 모습을 볼 때도, 우디 앨런Woody Allen 자신이 감독하고 출연한 SF 영화 〈슬리퍼〉에서 '코'의 형태로 존재하는 독재자에 총을 겨냥하고 있는 모습을 볼 때도 깔깔대고 웃을 수만은 없는 것처럼 말이다.

우리가 코를 조롱하기만 하는 것은 아니다. 우리는 코를 미워할 수도 있다. 그 두드러짐은 분명히 우리를 불쾌하게 만든다. 부적절한 호기심을 표현할 때도 우리는 아무 데나 코를 들이민다고 말한다. 선정적인 텔레비전 의학 드라마들은 그다지 낭만적이지 않은 코는 수술용 마스크로 가리고 배우들의 매혹적인 눈만을 부각한다. '베일을 쓴 매혹적인 여자'라는 진부한 묘사도 비슷한 효과를 노린 것이다. 코는 우리가 밑으로 내려다보거나 위로 올려다보는 것이다. 그도 아니면 그저 묵묵히 따라간다.

냄새에 관해 가장 처음 배우는 언어는 동물적 친근함(엄마의 살갗, 엄마의 머리카락 같은)과 관계가 있지만 그보다는 본능적으로 불쾌함을 느낄 때가 훨씬 많다. 이런 상황은 모두 우리 잘못일 가능성이 크다. 프로이트

Sigmund Freud는 후각은 원시적이어서 당연히 항문기와 관계가 있다고 했다. 어떤 의도를 담지 않고 사용하는 단어라고 해도 냄새라는 단어에는 언제나 어떤 의미가 담긴다. 이제 막 호감이 생긴 사람에게 "당신 냄새는……"이라는 말로 대화를 시도해보자. 그 문장을 "과자가게나 천국의 냄새 같아요"라는 말로 끝을 맺는다고 해도 이제 막 싹트려고 했던 관계는 위태로워지고 말 것이다.

사람은 동물이지만 동물 같은 냄새가 나기를 바라지는 않는다. 우리 몸에서 체취, 발 냄새, 입 냄새, 땀 냄새를 없애주겠다며 돈을 쓰게 하는 산업 규모는 수조 달러가 넘는다. 미생물의 존재를 알기 전 우리는 나쁜 냄새─독기 miasmas ─에 감염된다고 믿었다. 냄새를 의미하는 중립적인 단어는 거의 없지만, 반대로 나쁜 냄새를 의미하는 단어는 악취, 구린내, 썩은 내, 곰팡내 등 아주 많다.

이런 편향이 나타나는 데는 신경학적인 이유가 있다. 불쾌한 냄새는 편도체를 통과하는 지름길을 택해 뇌로 전달된다. 편도체는 아주 감정적이고도 확고한 대뇌변연계(인체의 기본적인 감정, 욕구 등을 관장하는 신경계)의 구성원이다. 대뇌변연계는 우리를 아주 본질적이고도 동물적인 단계로 데려간다. 좀 더 상쾌하거나 중립적인 냄새는 우리의 대뇌피질에서 처리된다. 스트링 치즈와 데오도란트를 발명하고, 향기를 맡는다고 감정에 휩싸이지는 않는 영리하고 훨씬 정교하게 진화한 층이다.

진화와 관련해 말하자면 나쁜 냄새는 위험이나 부패, 공포, 고통, 쫓김, 싸움과 관계가 있다. 여러 문제를 감지하고 재빨리 반응하려면 나쁜 냄새를 빨리 인식하는 일이 매우 중요하다. 윤리적으로 문제가 있는 사람을 평가할 때는 어딘지 모르게 구린 냄새가 난다거나 썩은 내가 진동한다는 식으로 표현하는데, 이는 뇌가 은유적인 역겨움도 진짜로 역겨운 자극과 같은 방식으로 처리하고 있음을 드러내는 단서다. 역겨운 냄새를 방치하면 사람을 죽일 수도 있기 때문에 무엇보다도 먼저 우리의 의식을 잡아 끄는 자극일 수밖에 없다.

하지만 다른 냄새는 어떨까? 냄새는 생존에 매우 중요하므로 대뇌변연계나 뇌간(뇌줄기)처럼 초기에 진화한 뇌 부분과 아주 많이 연결되어 있다. 우리가 냄새를 초대하지 않은 침입자처럼 여기는 이유는 그것이 우리가 통제할 수 없는 아주 깊은 곳에서 작동하기 때문인지도 모른다. 더구나 냄새는 언어를 담당하는 좌측 신피질과는 거의 연관성이 없다. 이는 우리에게 거의 해를 끼치지 않을 것 같은 냄새를 묘사하는 능력이 상당히 약하다는 뜻이다. 새벽에 숲에서 맡을 수 있는 복잡한 향기를 어떤 식으로 묘사할 수 있을까…… 좋다? 시골에 온 것 같다? 숲 같다? 초콜릿 냄새는 어떻게 묘사할 것인가? 초콜릿 같다?

냄새는 별개의 독립된 어휘를 가지고 있지 않다. 아주 세련된 냄새도 마찬가지다. 와인이나 향수의 향기를 구분해 살아가는 사람의 코도 백단향이나 달걀 껍데기 냄새가 난다거나 타맥(아스팔트 포장재) 같은 뒷맛이 난다는 식으로 다른 용어를 빌려 향기나 풍미를 묘사한다. 톡 쏜다, 달콤하다, 시큼하다 같은 용어도 사용하지만, 그 정도가 전부다. 그저 냄새에 민감한 몇몇 문화권에서만(많은 경우 빛이 부족한 지역이 그렇다) 냄새를 표현하는 언어들이 좀 더 다양하게 분화되어있다.

안다만제도, 파푸아뉴기니, 아마존에 사는 사람들에게는 미묘하게 연결된 냄새를 무리 지어 부르는 용어가 있다. 무리에 속하는 한 냄새는 그 무리에 속한 다른 냄새들과 분명히 닮아있다. 파란 하늘, (영국의) 파란색 폴리스 박스, 베이비블루(아주 연한 푸른색)는 모두 다르지만 어쨌거나 파란색인 것처럼 말이다. 냄새에 민감한 이유는 지금도 일부 사람들의 DNA에 들어 있는 데니소바인(시베리아, 우랄·알타이산맥, 동남아시아 등지에서 3만 년 전까지 현생 인류와 함께 살았던 것으로 알려져 있다) 조상이 물려준 특성일 수도 있다. 나로서는 냄새로 팔레트를 만들고 향기로 훌륭한 사전을 만들 수 있는 세상을 꿈꾼다. 그런데 복잡한 한 가지 냄새는 많은 언어에서 보편적이고 유용한 표현을 쓴다. 아마도 그 냄새를 묘사하는 습관은 우리가 수렵·채집인이었을 때부터 있었을 것이다. 예를 들어 '페트리코petrichor'라는 영어 단어는 바짝 마른 땅이 비에 젖을 때 공기 중에 퍼지는 특유의 비 냄새를 의미한다.

'원초적인' 감각을 우선순위에 두는 사람들을 두고 원시적이라고 주장하는 학자들도 있지만, 그런 생각은 냄새를 배척하는 편견을 드러낸 것일 수도 있다. 냄새를 맡아서 언어가 말해주지 않는 정보를 받아들이는 행위를 모든 사람이 매혹적이라고 생각하지는 않는다. 냄새로 정보를 얻는 행위는 개에게나 어울리는 일, 적어도 호모 사피엔스보다는 털이 많이 난 영장류에나 어울리는 일이라고 생각할 수도 있다. 오랜 시간 동안 돈과 권력이 있는 사람들은 가난한 사람들과 같은 냄새가 나지 않도록 애써왔고, 가난한 사람들의 냄새가 불어오는 곳에는 집을 짓지 않았다. 문명화란 끊임없이 냄새와는 관계를 맺지 않으려고 애쓰는 과정, 적어도 자연적인 냄새와는 관계를 끊으려고 애쓰는 과정이다. 엄청나게 지적이고 온건했던 플라톤도 향수를 사용하면 나약해지고 타락한다고 생각했다. 심지어 칸트 같은 석학도 냄새라면 이유 없이 무조건 배척했다. 코는 상스럽고 추잡한—심지어 속수무책으로 섹시한—온갖 것들과 관계가 있어서 우리는 앙갚음으로 코를 보며 비웃는다.

하지만 우리는 당연히 코에 감사해야 한다. 20세기 초반에 뇌 구조를 밝히려고 노력했던 신경과학자들은 쥐를 해부해 쥐의 후각신경구(후각망울)가 아주 크다는 사실을 알아냈다. 그리고 최근까지도 쥐들이 이 후각신경구를 이용해 신경과학자들을 파악하려고 노력했던 사실에 주목했다. 쥐의 후각신경구와 긴밀하게 연결되어 있는 뇌 영역을 처음에는 후뇌라고 불렀다. 이는 후각을 담당하는 뇌로, 지금은 쥐도 사람도 대뇌변연계라고 부른다. 대뇌변연계는 경고를 하고 각성하게 하고 감정을 처리할 뿐 아니라 기억이 형성되도록 돕는다. 그래서 어떤 특정한 냄새들은 단순히 동물적인 침범이 아니다. 그 냄새들은 시간 여행이며 기쁨이고, 고향이자 비통함이다.

나는 할아버지가 돌아가시고 몇 년이나 흐른 뒤에 거리를 걷다가 한 남자에게서 맡은 애프터셰이브 로션 냄새를 잊을 수가 없다. 그 냄새를 맡는 순간 나는 할아버지의 목소리를 들을 수 있었고, 얼굴을 볼 수 있었고, 나를 안아주던 할아버지의 팔을 다시 느낄 수 있었다. 그런 일들이 바로 코가 주는 선물이다.

물론 코가 주는 선물 중에는 아주 당황스러운 것도 있다는 점은 인정한다. 생쥐 부인은 냄새로 저기 있는 수컷 생쥐와 아기를 만들어야 할 때란 걸 알 수 있고, 자기 아기를 포함해 친척을 구분할 수도 있다. 생쥐 부인은 심지어 가까운 이웃의 생쥐 아가씨들과 생식 주기를 조율할 수도 있다. 그들이 서로의 페로몬을 흡입했기 때문이다.

인간은 주로 시각에 의존한다. 하지만 인간도 냄새를 맡아 가족을 구분하고 짝짓기 상대를 정한다. 냄새로 상대방의 생식 능력과 특별한 유전자를 감지한다. 냄새는 외모를 훨씬 돋보이게 만든다. 우리는 타고난 냄새를 더욱 좋게 하려고 향수를 뿌린다. 우리는 몸에서 발산하는 페로몬을 없애려고 많은 돈을 지출하지만 페로몬은 기분과 집중력을 바꾸고 서로를 인지하는 방식에 영향을 주며 여자들의 생리 주기를 조정한다.

수세기 동안 남근 마스크와 코에 관한 음란한 유머 때문에 우리는 코가 성적으로 기이한 무엇과 관계있다는 생각을 하게 되었다. 그리고 이제는 냄새가 친밀함을 형성하고 그 친밀함을 유지해준다는 사실도 알고 있다. 심지어 코에는 발기 조직까지 있다. 사랑을 나누고 관계를 맺는 사람들은 어떨까? 우리는 아주 가까이에서 맡을 수 있는 사랑하는 사람의 냄새를 사랑한다. 숨을 쉴 때마다 우리는 서로의 냄새를 맡는다. 인위적으로 야생과 열정을 만들었던 낭만주의 운동이 냄새를 열렬하게 받아들인 것은 조금도 이상한 일이 아니다.

코는 우리에게 숨을 쉴 수 있게 해주고 생명을 준다. 코는 우리 아이들의 피부 내음, 사랑하는 사람의 부드러운 향기, 집의 현관이 머금고 있는 내음을 맡게 해준다. 음식한 입의 즐거움을 알려주고 시간을 되돌리는 힘을 지니고 있다. 그러니 이제 더는 코를 놀리지 말고, 부끄러워하지도 말고, 자랑스럽게 내밀고 다니자.

눈

Eye

아비 커티스 Abi Curtis

소설가이자 시인, 요크 세인트 존 대학교 문예창작과 교수. 시선집
The Glass Delusion(2012)으로 2013년에 서머싯몸상을 받았고,
디스토피아 소설 *Water & Glass*(2017)를 발표했다.

Eye
눈

눈을 통해 세상을 내 안으로 끌어들이다

눈은 두개골 안에 자리 잡고 뇌라는 단독의 특이점으로 바라보기 때문에 우리가 보는 것은 자기 자신만 알 수 있다는 특별함을 지닌다. 어느 정도 눈은 사회를 창조하는 곳이기도 하다. 시각은 다른 사람과 연결될 수 있게 해준다. 그리고 눈은 앞에서 일어나고 있는 일을 그저 스크린 뒤에서 지켜보게 함으로써 자신이 얼마나 외로운 존재인지도 깨닫게 해준다.

그 방은 어둡다. 멀리 벽에 마름모꼴 빛이 두 개 보이는데, 하나는 붉은색이고 또 하나는 녹색이다. 나는 플라스틱판에 턱을 괴고 있다. 그때 목소리 하나가 나에게 빛을 보라고 말한다. 셔터가 한 번 내려가고, 밝은 빛 속에서 사방으로 퍼져나가는 나무뿌리 같은 무늬가 보인다. 나는 불빛을 따라 내 시선을 옮긴다. 거의 아무것도 보이지 않는 어둠 속에서 한 남자의 머리 윤곽이 앞뒤로 움직인다. 그 남자의 숨소리가 들리고 내 목덜미의 털이 쭈뼛 선다. 이런 기묘한 가까움 속에서 나는 내 눈에 흐르는 혈관의 그림자를 본다. 찰칵, 찰칵, 렌즈를 몇 개 더 끼우자 흐릿했던 글자들이 선명하게 보인다. 어느 쪽이 진짜일까? 선명하게 보이는 글자들일까, 렌즈를 빼면 보이는 흐릿한 글자들일까?

그때 나는 열두 살이었고, 이제 막 근시가 시작되었다. 학교 칠판이 흐릿해지고 내가 고양이처럼 눈을 가늘게 뜨고 있는 것을 엄마가 알게 되었다. 안경 가게에서 새로 맞춘 안경을 쓰고 나와 주차장을 걸으면서 자동차 앞 유리에 낀 먼지를 보고 얼마나 놀랐는지 모른다. 온통 부드럽게만 보였던 세상이 이제 다시 더럽고 불완전한 곳으로 되돌아왔다.

내 아기는 태어났을 때 크고 선명하고 움직이는 물체만을 볼 수 있었다. 아기가 볼 수 있는 범위는 12센티미터 정도이기에 정확하게 내 얼굴과 내 피부에 초점을 맞출 수 있다. 자라면서 아이는 훨씬 더 먼 곳에 있는 물체를 자세히 볼 수 있어 지금의 나로서는 거의 보지 못하는 비행기가 하늘에 남긴 자국도 볼 수 있고 낮에 뜬 희미한 달도 볼 수 있다. 본다는 것은 경계를 만드는 일이다. 하지만 본다는 행위가 단순히 무언가를 찾고 확인한다는 실용적인 의미만을 뜻하지는 않는다. 사람이 지닌 다섯 감각 가운데 가장 강렬한 감각은 시각이다. 시각은 우리 의식과 아주 밀접하게 연결되어 있다.

19세기 말의 천문학자 퍼시벌 로웰Percival Lowell은 화성에 운하가 있다고 확신했다. 강력한 천체망원경으로 화성을 관찰하던 로웰은 자신이 화성에 존재하는 문명을 발견했다고 믿었다. 지적 존재가 만든 운하가 있다는 사실은 한 사회가 형성되어 있을 가능성이 아주 크다는 뜻이었다. 하지만 로웰이 망원경을 제대로 설치하지 않았다는 사실이 드러났고 그가 화성에 지적 공동체가 있는 증거라고 생각했던 운하는 로웰 자신의 눈 뒤쪽에 있는 아름답고 복잡한 혈관망을 본 것이었다. 정말 가슴 아프도록 슬픈 이야기다. 로웰은 죽을 때까지 자신이 화성 운하를 발견했다고 주장했지만 그 말을 믿어주는 사람은 아무도 없었다.

눈은 우리를 둘러싼 세상과 연결해주지만 아주 묘한 외로움을 드러내는 기관이기도 하다. 눈은 두개골 안에 자리 잡고 뇌라는 단독의 특이점으로 바라보기 때문에 우리가 보는 것은 자기 자신만 알 수 있다는 특별함을 지닌다. 한 가지 점에서는 로웰이 옳았다. 어느 정도 눈은 사회를 창조하는 곳이기도 하다. 시각은 다른 사람과 연결될 수 있게 해준다. 그리고 눈은 앞에서 일어나고 있는 일을 그저 스크린 뒤에서 지켜보게 함으로써 자신이 얼마나 외로운 존재인지도 깨닫게 해준다.

고대 그리스 사람들은 눈의 '유출설extramission theory'을 믿었다. 눈에서 빛이 나가 주변에 있는 물질을 '환하게 비추어 밝히기' 때문에 사물이 보인다고 믿은 것이다. 그렇다면 왜 어두운 곳에서는 아무것도 보지 못할까? '유출설'은 나중에 '유입설intromission theory'에 밀려난다. 중세 아랍 학자 알하젠Alhazen은 1,000년 전에 『광학서Book of Optics』를 지어 눈이 빛을 받아들이는 방법을 설명했다. 눈은 세상을 자기 안으로 끌어들인다.

나는 여행을 가면 커다란 SLR 카메라로 사진 찍기를 좋아한다. 홱홱 돌아가며 맞춰지는 카메라 렌즈는 비루한 내 시력을 보완해준다. 나는 17세기 초반에 세상을 기록하는 유리로 만든 기묘한 기구 '카메라 옵스큐라camera obscura(암상자)'가 우리 눈과 같다고 한 독일의 천문학자

요하네스 케플러Johannes Kepler의 설명도 사랑한다. 언젠가 검안사가 내 눈 안쪽을 찍은 사진을 보여준 적이 있다. 사진에 찍힌 내 눈은 분명히 하나의 행성이었다. 그물처럼 복잡한 혈관이 요동치고 있는 잊을 수 없는 분홍빛을 띤 구球였다. 케플러가 천체의 신비를 이해하고자 갈망했던 천문학자였다는 사실은 조금도 놀랄 일이 아니다.

수정체, 망막, 동공, 작은 구멍을 갖춘 살로 된 유기체 암상자는 시신경이라는 가느다란 실로 눈 깜짝할 사이에 상像을 처리하는 고급 암실인 뇌와 연결되어 있다. 아주 복잡한 눈에는 아주 흥미로운 '설계'상의 결함이 있다. 시신경이 모여서 나가기 때문에 상이 맺히지 않는 맹점 punctum caecum이 있는 것이다. 그러니까 우리는 모두 자신도 모르는, 보이지 않는 지점을 가지고 있다.

우리가 서로 '눈을 맞출eye contact' 때 외부에 보이는 것은 정말 아름다운 파란색, 녹색, 갈색, 적갈색, 회색 홍채다. 모여드는 폭풍 같은, 갈아놓은 땅 같은 색실들은 모두 동공이라는 블랙홀 위로 모인다. 나는 아이섀도와 마스카라, 아이라이너로 내 눈을 꾸미는 일을 사랑한다. 두개골에 자리 잡고는 내가 볼 수 있도록 해주는 기관에 경계를 표시해주는 일이 좋다. 시력이 좋은 사람의 눈동자는 동그란 구처럼 생겼지만 근시인 내 눈동자는 조금 더 납작해져서 원반처럼 생겼다. 원시인 사람의 눈동자는 어쩌나 레몬처럼 생겼다.

이렇게 제각각 변형되어서 아침마다 세상이 뿌옇게 보여 혼란스럽지만, 우리는 현대 과학의 힘 덕분에 아무 문제없이 삶을 영위할 수 있다. 열다섯 살 때 나는 두꺼운 안경 대신 내 눈동자 위에 떠 있는 얇은 플라스틱 렌즈를 낄 수 있게 되었다. 그때 나는 홍콩에서 살았는데, 안경 가게를 떠날 때 시야를 가리는 물건이 하나도 없는 것에 깜짝 놀라며 강렬한 거울 같은 고층 건물을 쳐다보았던 기억이 있다. 세상은 다시 한번 새로워졌다.

하지만 나는 시력 상실을 탐구하지 않고는 눈을 생각할 수 없다. 1980년대에 시력을 잃기 시작한 신학자 존 홀John hull의 이야기는 정말 감동적이다. 땅거미가 질 때면 나는 작업실에 앉아 홀이 녹음한 이야기를 읽으면서 책상에 앉아 녹음기에 대고 조용히 말하고 있는 홀을 상상해본다. 그가 시력을 상실해가는 여정은 슬픔을 탐구하는 과정이자 의식이라는 감각이 변해가는 과정이기도 하다. 홀은 특히 얼굴을 잃으면 자아와의 관계도 느슨해지는 것인지 궁금해했다. 그의 아내 마릴린은 "그의 눈을 들여다볼 수가 없었고 내 모습을 보일 수가 없었어요……. 나를 바라보고 있다는 느낌을 조금도 받을 수 없었어요……. 아주 가까운 사람이 그런 상태가 된다는 건 정말 크나큰 상실일 수밖에 없어요"라고 말했다.

시력을 상실한다는 것은 시력을 잃는 당사자뿐 아니라 더는 그 사람에게 자신을 보여줄 수 없는 사랑하는 사람에게도 엄청난 영향을 미친다. 내 아이가 자라면서 변해가는 모습을 보지 못한다면 어떤 기분일까? 내가 자신을 알아볼 수 있는지 궁금해하면서 보지도 못하는 내 얼굴을 자세히 살펴볼 남편을 상상해본다. 시력을 잃은 뒤에 태어난 아이의 얼굴을 꿈에서 보았다는 홀의 이야기에 마음이 찢어질 것 같다. 그 아이의 얼굴은 홀로서는 절대로 보지 못할 얼굴이었지만 그의 무의식이 아이의 얼굴을 볼 수 있게 해주었다.

결국 홀은 자신의 시력 상실을 '어둡고 기묘한 선물'로 받아들이기 시작한다. 그는 비가 외부 세계의 모습을 아름답게 반영하는 방식을 곰곰이 생각해본 뒤 '안에도 내리는 비와 같은 그런 것이 있다면 방의 전체 모양과 크기를 알 수 있지 않을까?' 하는 궁금함을 품었다. 비는 또 하나의 보는 방식일 수도 있었다. 그 말을 들으면서 나는 본다는 것, 안다는 것은 또 다른 형태를 띨 수도 있음을 깨달았다. 시각을 상실하면서 얻게 되는 친숙함이 한 사람의 의식을 바꿀 수도 있다는 훌의 말이 나에게는 인식의 전환을 불러왔다.

　나는 안과에서 간호조무사로 근무하는 사람을 만나려고 가까운 교육병원으로 갔다. 그 사람은 내가 '그렉'이라고 부르게 될 사람이다. 나를 만나러 온 그렉은 아주 번잡한 대기실에서 힘차게 내 손을 잡고 흔들었다. 그 순간 나는 내가 사람을 제대로 찾아온 것인지 의구심이 들었다. 그렉은 뇌졸중으로 20년 전에 시력을 상실하면서 주변시peripheral vision(시야의 주변부에 대한 시력. 시력과 색각은 약하지만 약한 빛이나 움직임을 보는 힘은 강하다)만 남게 되었다. 사람의 얼굴은 범죄 다큐멘터리에 나오는 모자이크 처리한 사람들처럼 뿌옇게 보인다고 했다. 그렉과 이야기를 나누는 동안 나는 이 말을 생각했다. 그에게 내 얼굴은 텅 빈 공간일 것이다. 나는 위장을 하고 있는 셈이었다. 이야기를 나누는 동안 나는 그에게 보이지 않는다.

　하지만 그렉과 대화를 나누는 사람들은 그가 앞을 보

지 못한다는 사실을 눈치 채지 못할 수도 있다. 그렉은 그 편을 더 선호한다. 그는 시력을 상실하고 처음 몇 년간은 분노하고 분개하면서 지냈다고 했다. 그 말이 나에게는 아주 슬퍼했다는 말처럼 들렸다. 그는 시력을 상실한 사람에게 지급되는 흰 지팡이도 거부했다고 말했다. 아주 슬픈 말투로 머지사이드주에서 맹인인 것을 나타내는 그 흰 지팡이를 짚고 다니는 것은 강도를 부르는 일이라고 하면서 말이다.

그렉은 자신이 만나는 환자들이 느끼는 육체적, 감정적 기분을 정확하게 이해하고 있었다. 그는 자신에게 온 '어둡고 기묘한 선물'을 결국 받아들였지만, 당연히 한참 동안 애도 기간을 보낸 뒤에야 슬픔을 떠나보낼 수 있었다. 그렉은 자신이 만난 한 환자 이야기를 해주었다. 30 대인 그 환자는 태어날 때부터 앞이 보이지 않았는데 단한 번도 보고 싶다는 소망을 품어본 적이 없다고 했다. 과학이 발전해서 다시 앞을 볼 수 있게 해주기를 소망하는 그렉으로서는 도저히 이해가 안 되는 말이었다. 존 홀의 말처럼 "눈이 보이는 사람들은 눈에 보이는 육체를 투영하는 하나의 세상a world에서 살고 있다. 그들의 세상은 이 세상에 유일하게 존재하는 세상the world이 아니라 그저 하나의 세상"이다.

내가 분명하게 알게 된 것은 눈은 아주 복잡하고 섬세한 기관이라는 사실이다. 눈은 정말로 너무나도 쉽게 잘못될 수 있다. 나무뿌리처럼 생긴 아름다운 혈관은 정말로 취약하다. 그것들은 포도 덩굴처럼 너무 과도하게 자라서 치료하려고 시도하는 순간 터져버리거나 균열이 간다. 시신경은 부드럽고 두꺼운 다중통신망 섬유 조직처럼 그들이 받아들인 상像을 붉은 커튼이 쳐진 뇌의 극장(시각 피질)으로 보낸다. 혈액이 공급되지 않아 시신경이 손상되면 회복될 수 없는 상태로 시력이 손상된다.

하지만 시신경이 손상된 것이 아니고 실명의 원인이 백내장이라면 여러 가지 치료 방법을 시도해볼 수 있다. 백내장은 수정체가 뿌옇게 흐려지는 질환이다. '백내장'을 뜻하는 영어 단어 'cataract'의 어원은 특이하게도 시적인 단어에서 유래했다. 그리스어로 (성 입구의) '내리닫이 쇠창살문portcullis' 또는 문gate을 뜻하는 단어에서 유래한 백내장은 '(폭포나 아래로) 세차게 굽이쳐 내린다down-rushing'는 역동적인 감각도 함께 지니고 있다.

셰익스피어의 『리어왕King Lear』에 나오는 'caterickes(카

타르시스Katharsis)'라는 표현은 표면적으로는 격렬한 폭풍의 일부를 가리키고 있지만 한편으로 장님과 다름없는 리어왕의 윤리 의식을 가리키는 말이기도 하다. "불어라, 바람아. 네 뺨을 부숴버려라! 분노하라! 불어라, 너 폭풍아, 허리케인아!Blow wind & crake your cheeks, rage, blow You caterickes & Hiracanios!" 물기를 머금은 단어가 내 흥미를 돋운다. 결국 백내장은 세상을 보지 못하게 하는 장막, 시야를 가리는 쇠창살문이지만 외부에서 보는 관찰자에게는 소용돌이치는 폭포의 심연처럼 보인다.

백내장은 간단하지만 기적처럼 보이는 수술만 하면 치료할 수 있다. 그 기적을 보았기 때문에 안과에서 일해야겠다는 마음을 먹었다는 사람도 있다. 하지만 한 사람이 시력을 되찾는 경험이 그렇게 간단할 수 있을까? 눈과 뇌는 아주 복잡한 관계를 맺고 있다.

1688년, 아내가 앞을 보지 못했던 아일랜드 과학자 윌리엄 몰리뉴William Molyneux는 태어났을 때부터 앞이 보이지 않는 사람이 시력을 되찾으면 어떤 일이 생기는지 궁금해했다. 그전까지 뇌가 분석할 필요가 없었던 모양과 형태를 어떻게 이해하고 받아들일까? 촉각과 시각은 서로 연결되어 있을까, 서로 분리되어 있을까? 알고 있는 세계가 시각 세계일 필요는 없다. 신경학자 올리버 색스 Oliver Sacks는 어렸을 때는 눈이 보이지 않았지만 중년에 백내장 수술을 받고 시력을 회복한 '버질Virgil'의 이야기를 들려준다. 버질의 경험은 간단하지 않았다. 버질 앞에 새롭게 펼쳐진 형태와 선은 헤쳐 나갈 수 있는 구조나 건물, 길로 받아들여지지 않았다. 그런 구조물들을 인지할 수 있는 감각이 버질에게는 없었다. 계단이 무엇인지는 알았지만 계단을 올라갈 수도 내려갈 수도 없었다. 그것은 마치 에셔M.C. Escher(네덜란드의 판화가, 예술작가. 수학적 논리를 바탕으로 2차원 평면 위에 표현하는 3차원 공간, 대칭과 균형, 확장과 순환, 반복 등을 담아낸 초현실 작품으로 유명하다)의 작품처럼 역설 속에서 존재하려고 애쓰는 것과 같다.

병원에서 나는 눈은 상당히 쉽게 으깨질 수 있음을 생각했고, 그토록 연약한 눈을 찌르고 만지고 주사를 놓은 과정을 환자들이 어떻게 참아내는지 궁금해졌다. 제2차 세계대전 때 안과 의사 해럴드 리들리 경은 깨진 조종석 창문 파편이 박힌 비행기 조종사들을 치료하면서 유리 파편과 달리 아크릴 파편은 눈에서 거부 반응이 일어나지 않는다는 사실을 알게 되었다. 그 덕분에 혼탁해진 수정체를 플라스틱 수정체로 교체하는 아주 간단한 의학 수술을 개발할 수 있었다. 작가 존 버거John Berger는 『백내장Cataract』에서 자신이 받은 백내장 제거 수술을 "건망증을 제거하는 수술에 비견할 수 있다. …… 시각의 르네상스"라고 했다. 수술 후 그에게 잊어버렸다는 자각조차 없었던 경험들이 다시 돌아왔다. "하늘의 어느 한 곳에 보이는 잿빛의 정확한 농도, 쥐고 있던 손을 펼 때 손가락 마디마디에 잡히는 주름의 모양, 집 저 너머로 보이는 푸른 들판의 굴곡, 이런 세부적인 모습들은 잊고 있던 의미를 다시 일깨워주었다."

이런 시각 상실은 쉽게 치료할 수 있지만 의사를 만날 수 있는 특권을 가진 사람들만이 누릴 수 있는 기적이다. 우리는 대부분 볼 수 있는 능력을 당연하게 여긴다. 우리가 생각하는 '우리'라는 자아감은 거의 은밀하고도 무의식적으로 시각과 밀접하게 연결되어 있다. 시각 상실, 특히 아주 어렸을 때 겪는 시각 상실이 아니라 조금 늦은 나이에 겪는 시각 상실은 처음에는 가족이 죽었을 때 경험하는 감정과 비슷한 이상하고도 은밀한 덫에 갇혀버렸다는 기분이나 지하 감옥으로 떠밀려지고 있다는 느낌이 들게 한다. 시력을 잃는다면, 그 사람의 의식도 변할 수밖에 없다.

현대인들에게 본다는 행위는 가상과 연결될 때도 있다. 실제로 가상 세계는 물리적으로는 존재하지 않는 허구지만 실제보다 더 실제 같은 풍경을 보여줄 수 있으며 우리 눈은 그런 환상을 받아들인다. 다른 많은 사람처럼 나도 매일 여러 차례 스크린을 쳐다보는데, 이전에는 한 번도 보지 못했던 물리 세계를 보게 되는 경우도 있다.

이제 두 살이 된 내 아들에게 보이는 세상은 끊임없이 놀랄 곳이다. 아들과 나는 보름달은 '늑대 달'이고 초승달은 '이야기책에 나오는 달'이라는 식으로 매일 새로운 이름을 만든다. 아장아장 걷는 내 아이가 세상을 보는 방식을 보면서 나도 다른 방식으로 세상을 보는 새로운 눈을 갖게 되었다. 나는 사물의 가장자리만 볼 수 있는 그럭을 생각하면서 가끔은 고개를 들어 하늘을 가득 메우고 있는 구름을, 길 위에 떨어져 있는 나뭇잎들을, 나를 쳐다보고 있는 홍채의 섬세한 색들을, 녹색과 회색이 얼룩져 있는 빛을 담은 푸른 폭풍우를 쳐다보아야겠다는 다짐을 한다.

콩팥

Kidney

애니 프로이트 Annie Freud

영국의 시인이자 예술가. 글렌 딤플렉스 시 부분 신인 작가상을
받았으며 T. S. 엘리엇상 최종 후보에 올랐다. 영국의 시집 협회가
2014년에 시 문학을 이끌 차세대 작가 중 한 명으로 발표했다. 심리
학자 지그문트 프로이트의 증손녀다.

Kidney
콩팥

내밀한 윤리와 감정적 충동이 자리하는 양심의 상징

콩팥은 그 위치 때문에 접근하기가 특히 어려운 기관이다. 도축업자가 가장 나중에 잘라내는 부위도 콩팥이다. 그 때문에 사람의 몸에서 가장 은밀하게 감추어진 부분을 상징하게 되었고 구약성서 욥기에서는 "콩팥을 갈가리 찢는다"라는 표현으로 한 개인이 완전히 파괴됨을 나타냈다.

쥐를 한 번 해부해봤고 책을 몇 권 읽었고 아주 어렸을 때 콩팥처럼 생긴 화장대에 앉아있던 여자가 우리 아빠한테 빗을 던졌다는 기억이 어렴풋이 나는 것 말고는 살면서 콩팥의 존재를 생각해본 적은 없었다. 그래서 이 글을 쓰기 위해 내가 제일 먼저 한 일은 일단 정육점에 가서 양의 콩팥을 몇 개 사 온 것이다.

사 온 콩팥을 집에서 풀어본 나는 콩팥이 몹시 부드러

울 뿐 아니라 아주 느슨하다는 사실에 깜짝 놀랐다. 아주 섬세하고 고운 막에 감싸여 있는 콩팥은 마치 액체 같아 보였다. 이렇게 무기력한 기관이 어떻게 그 많은 놀라운 일을 해내는 것일까? 표면장력이 거의 없어 아주 날카로운 칼이 아니면 베어지지도 않았다. 더구나 콩팥은 그 내부도 놀라울 정도로 균일했다.

나는 녹색 완두와 삶은 감자를 곁들인 맛있는 스테이크 앤드 키드니 파이(저민 살코기와 소, 양 따위의 콩팥을 넣어 만든 파이)를 해 먹고 남은 콩팥을 접시 위에 올려놓았다. 나는 감상자가 사체의 살을 심미적으로 관찰할 수 있으면서 해부 구조도 알 수 있는 정물화를 원했다. 그래서 콩팥 하나는 그대로 놓았고 또 다른 콩팥은 반으로 갈라놓았다. 그런 다음에 그림을 그리기 시작했다.

나는 짙은 적갈색, 가장 섬세한 분홍색, 아주 진한 진홍색을 사용해 콩팥을 색칠했다. 그림을 그리면서도 나는 내가 왜 이런 그림을 그리고 있는지 알 수 없었다. 하지만 그 답을 알 수 없어 생 수틴과 프랜시스 베이컨의 그림을, 다빈치와 미켈란젤로의 해부도를 계속 생각했으며 도축된 동물 고기를 묘사하는 일에 애착을 느낀다는 것이 어떤 의미일까를 고민했다. 나는 현대 건축가와 디자이너들의 작품에서 본 콩팥을 떠오르게 하는 유려한 곡선을 기억해냈다. 건축가이자 독일계 유대인이었던 내 할아버지 에른스트 프로이트(지그문트 프로이트의 아들이다)는 정원을 디자인할 때 콩팥처럼 생긴 연못 만드는 것을 좋아했다. 나는 여전히 콩팥에 관해 알지 못한다고 느꼈지만 어쨌거나 주무르고 자르고 양념하고 요리하고 먹고 쳐다보면서 그림을 그렸다.

나는 콩팥에 관해 좀 더 알아보려고 저명한 콩팥 전문가들과 이야기를 나누어 보았다. 그 사람들은 모두 콩팥을 사랑했고 심지어 열정적으로 콩팥의 근면함, 복잡함, 유능함을 찬양하기도 했다. 엄청난 '미세 조정'이 가능하며 '어긋남 없는 정교한 방식으로 작동'한다는 표현을 사용했으며 '한 번 심장이 뛸 때마다 심장에서 나간 피 가운데 25퍼센트는 콩팥으로 간다'라거나 '매일 24시간 동안 43번이나 콩팥은 혈장을 3리터씩 걸러낸다'는 등의 놀라운 통계를 들어가며 설명하기도 했다.

지역 보건의로 25년간 근무한 내 이웃이자 친구인 마커스 솔디니는 두 콩팥을 서로 다른 '나무' 두 그루라고 생각해보라고 했다. 한 그루는 피를 공급하는 나무이고 다른 한 그루는 피를 배수하는 나무인데, 두 나무의 제일 바깥쪽 가지들이 아주 복잡하게 얽혀 있다고 말이다. "동맥이라는 굵직한 기둥으로 들어오는 혈액을 생각해보세요. 이 혈액은 계속해서 나뉘며 작은 가지들을 따라 나아가는데, 가지들 끝에는 사구체라고 하는 아주 작은 모세혈관 뭉치들이 있어요. 사구체는 콩팥마다 100만 개 정도가 있지요."

마커스는 배수계를 담당한 콩팥에서 가장 바깥쪽에 있는 가지들이 사구체를 어떻게 둘러싸고 있는지를 보여주려고 손을 오므려서 도토리깍정이에 감싸인 도토리처럼 아늑한 보먼주머니Bowman's capsule로 감싸인 사구체 모양을 만들어 보여주었다. 그는 "콩팥의 기본 단위는 네프론nephron이라고 하는데, 네프론의 분열하는 막이야말로 소변 여과 과정이 본질적으로 일어나는 곳이에요. 외부 세계와 우리 몸이 접속하는 장소 중 한 곳인 거죠"라고 힘주어 말했다. 바로 그 순간이 나에게는 '천둥이 치듯' 깨달음을 얻게 된 순간이라고 말한다면, 독자들은 분명 이해해주리라고 확신한다. 단편적인 지식밖에 없던 나에게 전문 용어가 마치 시처럼 다가온 순간이었음을 말이다. 물론 거기서 끝이 아니었다. 라틴어로 '달콤한 분수sweet fountain'라는 뜻이 있는 '당뇨병diabetes mellitus'이라는 용어는 이 질병이 갖는 여러 가지 증상 중에서도 소변에 들어있는 포도당의 농도가 비정상적으로 높다는 것을 나타낸다. 극도의 탈수 상태에서 콩팥이 생산하는 고도로 농축된 소변의 양을 필수량volume obligatoire이라고 한다.

그 순간, 나는 깨달았다. 어떤 노력을 해도 전문 용어라고는 생각나지 않지만, (시인에게는 너무나 익숙한) 조금은 부끄러운 이름의 이 장기가 나를 훅 치고 들어와 저항할 수 없는 반짝임으로, 비용이 얼마나 들더라도 다른 사람에게 빼앗기기 전에 손에 넣어야 하는 무언가로 바뀌었다는 것을 말이다. 게다가 나는 소변이 배수관으로 내려가 신우(콩팥깔때기)에 도착하고, 그곳에서 연동 운동을 하는 근육으로 이루어진 가느다란 수뇨관을 따라 방광으로 내려가는 여정을 생생하게 묘사하는 마커스의 설명에 매혹되었다.

콩팥에 관해 글을 써야 한다는 생각을 했을 때 가장 먼저 떠오른 것은 요리의 즐거움이었다. 내가 도싯에서 처음으로 크리스마스를 보내기 직전에 있었던 캄캄하고 폭풍 치던 오후를 기억한다. 흠뻑 젖은 데다 배고픔과 무거운 가방 때문에 완전히 지쳐있던 나는 브리드포트 중앙 삼거리의 작은 식당 불빛을 보고 얼마나 반가웠는지 모른다. 그 식당에는 콩팥을 넣은 토스트를 팔았는데, 가격은 4.95파운드였다. 그날, 너무나도 행복하게 먹었던 그 음식을 기억하며 나는 엘리자베스 데이비드Elizabeth David(영국의 요리 작가로 20세기 중반에 유럽 요리와 영국 전통 요리, 영국의 가정 요리법 활성화에 큰 영향을 미쳤다)의 요리법을 떠올렸다.

콩팥 플람베 만들기

[재료]

1인분에 돼지 콩팥 1개, 소금, 노간주나무 열매

가루 흑후추, 디종 머스터드, 크림, 브랜디, 버터

[만드는 법]

1. 콩팥 외막을 벗기고 반으로 자른다. 30분 동안 따뜻한 소금물에 담겄다가 가로로 얇게 자른 뒤 후추와 소금으로 간을 한다.

2. 얇은 팬에 버터를 조금 녹이고 콩팥을 올려 굽는다. 콩팥이 오그라들지 않도록 재빨리 뒤집으며 굽는다.

3. 5분 정도 구운 뒤에 노간주나무 열매를 3~4개 정도 으깨어 넣는다.

4. 작은 컵으로 계량한 브랜디를 한 컵 넣어 재료에 불이 붙게 한다. 불이 골고루 퍼질 수 있도록 팬을 이리저리 돌려준다.

5. 불이 꺼지면 진한 크림 4큰술에 디종 머스터드 2작은술을 잘 섞은 소스와 함께 바로 내놓는다.

이제 내 의식은 더욱더 먼 곳으로 가고 있다. 이번에는 제임스 조이스의 『율리시스Ulysses』에 나오는 레오폴드 블룸의 부엌이다. 그는 "걸쭉한 내장 수프, 견과류를 많이 넣은 닭의 모이주머니, 속을 채워 구운 심장, 얇게 저민 뒤에 빵가루를 묻혀 바싹하게 튀긴 간, 튀긴 닭의 알……, 살짝 톡 쏘는 오줌 냄새가 나던 구운 양의 콩팥"을 좋아했다.

유대교에서 허용하는 음식을 이런 식으로 전복적으로 남용하는 블룸의 이야기를 다시 읽고 즐기는 동안 나는 새로 개업한 멋진 식당들 메뉴에 내장 음식을 포함하는 요즘 유행을 떠올렸다. 요리사이자 작가인 퍼거스 핸더슨Fergus Henderson의 구호 "코부터 꼬리까지 먹는다"도 생각났고 말이다(퍼거스 핸더슨은 자신의 책『코부터 꼬리까지 먹는다Nose to Tail Eating』에서 돼지의 모든 부위를 활용한 요리를 소개해 큰 반향을 불러일으켰다).

독특한 입맛, 나만의 경험, 은밀한 욕망……

정확한 어원을 찾을 수는 없지만 콩팥을 의미하는 영어 'kidney'는 14세기 영어 'kidnere'에서 왔다. 이 단어는 흥미롭게도 두 개의 고대 영어 단어인 자궁을 뜻하는 'cwid'와 알을 뜻하는 'ey'가 합쳐진 말이라고 한다. 그러니 영어로 콩팥은 '자궁-알'이라는 뜻이다! 콩팥과 달리 몸에서 훨씬 더 중심에 있고 여러 가지 비유에 등장하는 심장이나 위, 간과 달리 콩팥은 사람에서건 동물에서건 역사나 문학에서 등장하는 경우는 훨씬 적지만, 역사나 문학과 맺는 관계는 매우 독특하다.

중세 시대에 살았던 사람이라면 '나의(혹은 그의) 콩팥을 가진 사람'이라는 표현을 들었을 것이다. 그때 사람들은 사람의 기질이 체액에 따라 결정된다고 믿었고, 콩팥은 애정을 결정하는 장소라고 생각했다. 따라서 '내 콩팥을 가진 사람'이라는 말은 기질과 성향이 자신과 같다는 의미였다. 셰익스피어의 『윈저의 즐거운 아낙네들Merry

Wives of Windsor』에 나오는 팔스타프와 T. S. 엘리엇의 시
「요리용 달걀A Cooking Egg」속 화자의 말처럼 문학에 콩팥
이 등장한다는 것은 한 사람의 상태를 아주 적나라하게
보여주는 배경과 관계있는 익살을 구사한다는 의미다.

프랑스의 소설가 안느 데클로스Anne Desclos가 1950년
에 폴린 레아주라는 필명으로 발표한 가학피학성애로 악
명이 높은 소설 『O 이야기Histoire d'O』에는 '콩팥les reins'
이라는 단어가 자주 나온다. 이 단어의 문자적인 뜻은 콩
팥이 분명한데 작품에서는 여자의 생식기를 에둘러서 가
리키는 '허리'라는 뜻으로 아주 오싹하면서도 애매모호
하게 사용하고 있다. 그런 식의 묘사는 콩팥은 가장 깊숙
한 곳에 있으므로 가장 취약하다는 의식을 반영한다.

보들레르와 랭보의 시에도 '콩팥'이 등장한다. 그 둘은
마치 누가 더 (여성의) 성욕이라는 실재를 외설스럽게
표현하는지를 두고 서로 경쟁을 벌이는 것만 같다. 샹송
〈나는 더 이상 너를 좋아하지 않아Je t'aime... moi non plus〉
에서 세르쥬 갱스부르와 제인 버킨은 "나는 당신의 허리
(콩팥) 사이로 들어간다je vais et je viens entre tes reins"라고
노래한다.

팝송에서도 콩팥은 놀라울 정도로 많이 등장한다. 알

재로, 티 본 워커, 폴 웰러, 마리안느 페이스풀, 비요크, 마크 E. 스미스, 레드 핫 칠리 페퍼스, 제이 Z와 에미넴 외에도 많은 가수가 자신의 노래에 콩팥을 넣는 일이 가치 있는 일이라고 생각했다. 프랭크 자파는 웅장한 자신의 노래 〈피그미 트윌리테Pygmy Twylyte〉에서 콩팥을 아주 특별하게 노래한다.

응가 방
지독한 악취 가득한
크리스탈 눈, 크리스탈 눈
크리스탈 콩팥 때문에 죽을까 봐 두려워하지
피그미 트윌리테에서

콩팥이 구약성서에 서른 번 이상 나온다는 사실은 그다지 주목할 만한 것이 아니지만, 뇌라는 단어가 단 한 번도 언급되지 않는다는 사실을 생각하면 이야기는 달라진다. 미국의 사전 편찬자 웹스터의 『성서 색인서Concordance with the Bible』에서는 성서에서 콩팥이 중요한 이유는 콩팥을 감싸고 있는 지방을 가장 순수한 부분으로 생각했기 때문이라고 말한다. 그 때문에 속담에서 콩팥은 엄청난 탁월함을 나타내는 용어가 되었고 동물을 태워 제물로 올릴 때 신에게 바칠 가장 신성한 부위로 여겨졌다.

콩팥은 그 위치 때문에 접근하기가 특히 어려운 기관이다. 도축업자가 가장 나중에 잘라내는 부위도 콩팥이다. 그 때문에 사람의 몸에서 가장 은밀하게 감추어진 부분을 상징하게 되었고 구약성서 욥기에서는 "콩팥을 갈가리 찢는다"라는 표현으로 한 개인이 완전히 파괴됨을 나타냈다. 신성함과 감춰진 위치 때문에 콩팥은 가장 내밀한 윤리와 감정적 충동이 자리하는 곳이라고 생각했다. 따라서 '가르침을 받고 자극을 받는' 콩팥은 괴로움과 기쁨을 불러일으키기에 사람의 양심을 상징하게 되었다. '아는' 것, '콩팥을 먹는 것'은 신의 본질적인 힘으로, 신이 가진 인간에 관한 모든 완벽한 지식을 나타낸다.

콩팥을 괴롭히는 질병에 관해서도 이야기하지 않을 수 없다. 고통스러운 투석 경험을 묘사한 통절하고도 용감한 시를 이 글에 실을 수 있도록 허락해준 휴고 윌리엄스 Hugo Williams에게 진정으로 고맙다는 말을 전하고 싶다.

투석

　　　　　　　　　　- 휴고 윌리엄스

기억의 충격

잠시 잊어버렸던

이것은 치료법이 아니다

약물 중독처럼

잘못된 건강이다

이것은 몸을 지탱하는

물을 빼내는 일을 하고

몸을 부풀어 오르게 하고

혈압을 높인다

이것은 하루나 이틀 동안

기계 옆에 매달려 있는

분홍빛 모래가 가득한

투명한 관으로

쓰레기를 깨끗하게 걸러낸다

당신의 콩팥은 더는 일을 하지 않아

흡족해하며

점차 활동을 멈추어

당신이 의존하게 만든다

그러면 소변을 누지 못하게 된다

투석은 나쁘다

끝나기 전까지, 그 시간 대부분은

속이 메슥거린다

기억의 충격

잠시 잊어버렸던

　결국 나는 내가 이 글의 주제로 콩팥을 택한 가장 큰 동기가 내 남편 데이브 때문이라는 것을 깨달았다. 몇 년 전에 데이브의 한쪽 콩팥에 악성종양이 생겨 내시경 레이저 수술을 받아야 했다. 다행히 그 종양은 다른 기관과는 상당히 멀리 떨어진 곳에 얌전하게 자리 잡고 있었다. 우리 부부에게 그해는 너무나도 고통스러웠던 한 해였지만 의사가 수술 전후 사진을 보여주며 수술이 아주 잘됐다며 아주 신이 난 모습을 보면서 진짜로 안심했던 기억이 생생하다.

나는 이 작고 멋진 장기에, 그러니까 일반적으로 콩팥이라고 하는 기관에 관해 정말 많은 시간을 생각하며 지냈으므로 남편의 콩팥에 참으로 특별한 애정을 느낀다.

갑상샘

키분두 오누조 Chibundu Onuzo

나이지리아 출신의 소설가. 딜런 토머스상과 영연방 도서상 최종
후보에 오른 *The Spider King's Daughter*(2012)와 *Welcome to
Lagos*(2016) 등의 소설을 발표했다.

Thyroid
갑상샘

적당함을 유지하기란 얼마나 어려운 일인가

내가 매일같이 쓰고 읽고 생각하는 동안 내 목의 가장 아랫부분에서는 모든 일이 골디락스 지점에서 일어날 수 있도록 애쓰는 작은 용광로가 있다. 너무 뜨겁지도 너무 차갑지도 않은 적당한 상태가 되도록 애쓰는 나비넥타이 모양의 용광로가 말이다.

어느 날 밤, 이모가 이모부와 함께 나란히 침대에 누워 있다가 몸을 빙그르르 돌려 이모부 가슴에 귀를 대고 누웠다. 머리에 조금 힘을 주어 이모부의 가슴을 누르자 아주 빠른 속도로 뛰는 심장 소리가 들려왔다. 이모는 정말 기뻤다. 15년 동안 결혼 생활을 하면서 아이 넷을 낳고 엉덩이는 펑퍼짐해졌으며 허리는 굵어졌는데도 남편의 심장이 자기 때문에 뛰었으니까. 하지만 몇 분이 지나도 이모부는 움직이지 않았다. 이모부는 빠르게 잠에 빠져들었고, 이모의 기대도 점차 사그라들고 말았다. 그렇다면 이모부의 심장은 왜 그렇게 빨리 뛴 것일까? 그것은 이모부의 갑상샘이 제대로 기능하지 못하고 있다는 첫 번째 신호였다.

갑상샘은 목 아래쪽에 있는 나비넥타이처럼 생긴 분비샘이다. 누구의 것이든 갑상샘은 모두 녹이 슨 것 같은 붉은색으로 자연은 개인의 취향에는 관심이 없다. 갑상샘을 가장 먼저 기록한 사람들은 히포크라테스나 플라톤 같은 그리스 사람으로, 두 사람 다 지금으로부터 2,000년도 전에 갑상샘에 관해 언급했다. 두 사람은 갑상샘이 호흡기 통로에 윤활유를 공급하는 역할을 한다고 생각했다. 그 뒤로 1,000년이 흐른 뒤에도 유럽 의사들은 갑상샘의 정확한 역할을 알지 못했다.

그 때문에 틀린 가설들이 다양하게 등장했는데, 그 가운데 하나가 17세기에 인기를 끌었던 '갑상샘은 여성의 목을 아름답게 만들어주는 기관'이라는 가설이다. 그 당시 사람들은 살짝 부풀어 오른 갑상샘이 백조처럼 긴 목을 훨씬 아름답게 보이도록 한다고 생각했다. 르네상스 시기에 목이 부푼 마리아 그림이 지나치게 많이 나왔기 때문에 그런 가설이 퍼졌는지도 모른다. 다빈치, 카라바조, 티티안 같은 르네상스 시기 거장들은 다양한 자세를 취하고 있는 마리아를 그렸다. 메시아를 무릎에 안고 있는 마리아, 어린 예수에게 걸음마를 가르치는 마리아, 구름 속으로 승천하는 마리아. 하지만 인간사에 속해 있든, 천상에 있든, 이 시기 그림에 등장하는 마리아의 목 아랫부분은 한결같이 두툼하게 부풀어 올라 있다.

르네상스 화가들은 자신을 위해 모델을 서는 여인들의 부푼 목이 사실은 부풀어 오른 갑상샘이라는 사실을 알았을까? 포유류를 해부해 갑상샘을 그려놓기까지 한 박학다식했던 다빈치는 자기 모델의 부푼 목이 갑상샘 때문임을 알고 있지 않았을까? 아니, 그렇지는 않았던 것 같다. 마리아를 그리려고 자신들이 선택한 토스카나 혹은 움브리아 출신 소녀들이 갑상샘종을 앓고 있다는 것을 화가들이 알았을 가능성은 거의 없다.

갑상샘은 티록신이라는 호르몬을 만들어낸다. 티록신을 만들려면 음식으로 요오드를 섭취해야 하는데, 몸에 요오드가 충분치 않으면 갑상샘이 지나치게 혹사당한다.

그 결과 갑상샘이 부풀어 올라 (르네상스 시대 그림 속의 마리아처럼) 사람을 매혹하는 갑상샘종이 되는데, 아주 심하게 부풀어 오를 경우에는 순무만큼 커질 수도 있다.

요오드는 바다 식품에 풍부하게 들어있다. 미역, 다시마, 대구 모두 갑상샘의 과도한 활동을 억제한다. 조금 비싼, 특히 지난 몇 세기 동안 더 비싸진 요구르트나 치즈 같은 음식에도 요오드가 들어있다. 20세기까지는 내륙에 사는 가난한 사람들에게 바다는 너무 멀고 돈은 없었으므로 갑상샘이 고장 나는 경우가 많았다. 그런데 20세기 초반에 미국에 사는 누군가가 요오드를 넣은 소금을 먹자는 기발한 생각을 해냈다. 소금에 요오드를 첨가한 것을 먹으면 육지에서만 붙박여 사는 사람도 티록신을 쉽게 생산할 수 있었다.

그렇다면 티록신은 정확히 어떤 일을 하는 호르몬일까? 티록신은 인체의 신진대사 기능을 조절해 성장과 발달 속도를 결정한다. 지능이 어느 정도까지 발달할지, 사춘기는 언제 시작될지, 누가 생리를 늦게 시작할지, 어떤 아이가 183센티미터까지 자랄지, 어떤 아이가 도버 서대기(도버 해협에서 잡히는 가자미 비슷한 생선)처럼 납작한 가슴을 갖게 될지는 모두 갑상샘과 갑상샘이 분비하는 놀라운 호르몬에 달려 있다. 티록신의 기능은 왠지 『이상한 나라의 앨리스』에나 나올 법한 마술처럼 느껴진다. "이걸 마셔, 그러면 아주 커지고 강해질 거야. 마시지 않으면 넌 아주 작은 채로 살아가야 한다고."

갑상샘에서 만드는 티록신의 양은 뇌 뒤쪽에 있는 뇌하수체라는 또 다른 분비샘이 조절한다. 뇌하수체는 티록신이 너무 많지도 너무 적지도 않은, 완벽하게 딱 좋은 '골디락스Goldilocks' 지점을 유지하도록 애쓴다. 하지만 종종 갑상샘이 악당같이 굴 때가 있다. 스트레스가 원인일 가능성이 높은데, 이때 갑상샘이 티록신을 과도하게 생산하면 우리 몸은 말 그대로 펄펄 열에 끓게 된다.

온몸이 불에 타는 것처럼 더워지고 가만히 앉아 있지를 못해 다리를 부산하게 움직이고 손을 파르르 떤다. 먹고 또 먹어도 체중은 줄어든다. 몸은 계속해서 열량을 소비하고 신진대사는 빛의 속도로 진행된다. 쉬고 있을 때조차도 마치 마라톤을 하고 온 것처럼 심장이 빨리 뛴다. 잠을 잘 때도 남편의 가슴에 머리를 얹은 아내가 그의 심장이 폭주하고 있음을 느낄 수 있을 정도다.

어떨 때는 잠들지 못할 때도 있다. 그리고 눈이 튀어나오기 시작한다. 처음에는 그저 잠을 자지 못한 사람처럼 보일 뿐이지만, 시간이 흐를수록 눈이 점점 더 당구공처럼 비정상적으로 커져서 밖으로 튀어나올 것처럼 보인다. 눈 밑에 지방이 쌓이고, 지방에 눌린 눈알은 눈구멍에서 밖으로 밀려 나온다. 모든 일에 서두르고 끊임없이 돌진하게 된다. 그 사람에게 인생은 속도전이다. 하지만 늘 피곤하며, 사실은 죽어가고 있다. 이런 상태를 갑상샘 기능 항진증hyperthyroidism이라 한다. 이런 상태를 그대로 내버려 두면 갑상샘 중독발작thyroid storm이 일어날 수 있다. 우리 몸이 감당할 수 없는 맹렬한 허리케인이 날뛰기 시작하는 것이다. 갑상샘 중독발작이 일어나면 심장마비가 오고 결국 죽음에 이를 수도 있다.

이와는 반대로 갑상샘이 깊은 잠에 빠져들 수도 있다. 이럴 때는 인체에 필요한 티록신이 제대로 만들어지지 않는다. 티록신을 많이 생산하지 못하는 몸을 가지고 태어났는데 그 사실을 일찍 알아채지 못한다면 크레틴병cretinism에 걸린다. 크레틴병을 앓는 아이는 120센티미터 이상 자라기 어려운 경우가 많다. 뼈는 약하고 작으며 사춘기는 턱없이 늦게 찾아온다. 배란도 되지 않으며 겨드랑이 밑에 털도 자라지 않고 여드름도 나지 않는다.

크레틴병으로 생기는 증상 가운데 가장 잘 알려진 증

상은 지능에 미치는 영향이다. 부모들은 신경외과의라도 된 것처럼 분명히 달걀같이 뇌에 좋은 음식을 우리에게 양껏 먹인다. 하지만 우리 몸에서 티록신을 제대로 만들어내지 않는다면 그 어떤 음식을 먹었건 간에 중등학교 진학 시험에서 두각을 나타내거나 옥스퍼드나 케임브리지 대학교에 갈 일은 없을 것이며 결국 알파벳조차 제대로 배우지 못할 가능성이 크다. 그러니 다른 사람에게 '백치cretin'라고 부르는 것은 잘못되어도 한참 잘못된 행동이다. 크레틴병은 친구를 모욕하고 놀리는 방법으로 사용할 수 없는 정말로 심각한 질병이기 때문이다.

정말로 갑상샘은 몹시 중요하며 우리에게는 골디락스가 마신 '수프'가 필요하다(골디락스는 일반적으로 딱 적당한 상태를 가리키는 말로 쓰이지만, 영국의 전래동화『골디락스와 세 마리 곰』의 주인공인 금발소녀의 이름이기도 하다. 숲에서 길을 잃고 헤매던 골디락스는 아무도 없는 오두막에 들어가 식탁에 차려 놓은 세 그릇의 수프를 발견하는데 막 끓여 놓은 뜨거운 수프, 식어서 차가운 수프, 먹기에 딱 적당하게 따뜻한 수프 가운데 먹기에 적당한 수프를 마신다). 너무 뜨거워도 안 되고 너무 차가워도 안 된다. 완벽하게 딱 적당해야 한다. 이 같은 사실은 한 유명한 외과 의사가 환자들을 희생하고서야 알게 되었다. 19세기 말에는 갑상샘이 무슨 일을 하는 기관인지는 잘 알지 못했지만 갑상샘에 문제가 생기면 몸에서 열이 나고 흥분하게 된다는 사실은 알려져 있었다. 그래서 이 의사는 문제를 일으키는 갑상샘을 떼어내기로 결정했다. 어떤 기관이 문제를 일으킨다면 제거해버리는 것이 더 낫다고 생각한 것이다. 갑상샘을 제거하는 일은 간단했다. 목을 절개하고 갑상샘을 잘라내면 그뿐이었다.

수술 결과는 처음에는 아주 놀라웠다. "의사 선생님, 이제 잘 수 있어요!" 환자들은 환호했다. "심장도 제대로 뛰어요. 더는 초조하지도 않고, 벼랑에 몰려 있는 것 같지도 않고, 높은 곳에서 뛰어내리면 좋겠다는 기분이 들지도 않아요." 온갖 곳에서 몰려온 사람들이 너도나도 자신의 갑상샘을 떼어냈다. 하지만 어느 정도 시간이 흐르고 이 외과 의사는 성공 사례 가운데 어딘가 잘못된 부분이 나타나는 사례가 많다는 사실을 깨닫기 시작했다. 방방 뛰던 환자들은 수술을 받고 잠잠해졌다. 그런데 잠잠해져도 너무 잠잠해졌다. 심각하게 무기력해졌고 여름에도 추워했고 일생 동안 내내 잠만 잔 사람처럼 눈이 부어올랐다. 사람들의 개성은 사라졌고 지성은 뭉개졌으며 얼굴에서는 표정이 자취를 감추고 공허해지고 멍해졌다. 갑상샘을 제거한 사람들은 그저 순무처럼 변해버렸다. 이들에게는 티록신이 필요했다.

그래서 초기 갑상샘 제거 수술 환자들은 돼지 등 티록신을 생산하는 여러 포유류의 갑상샘을 말려서 분쇄한 가루를 먹어야 했다. 그러다 1920년대에 영국 화학자 찰스 해링턴Charles R. harington과 조지 바거George Barger가 호르몬을 합성하는 방법을 알아냈다. 그 덕분에 이제는 갑상샘을 제거하면 몸이 필요로 하는 양만큼 티록신을 농축한 약을 먹게 되었고, 모두 다 괜찮아졌다.

그렇다면 갑상샘에 암이 생기면 어떻게 될까? 갑상샘암을 치료할 때는 모든 암을 제거하는 방사선이 아니라 갑상샘암만을 공격하는 특별한 방사선을 사용해 치료해야 한다. 앞에서도 언급한 것처럼 갑상샘에서 티록신을 만들려면 요오드가 필요한데, 갑상샘은 우리 몸에서 요오드를 저장하고 있는 유일한 기관이다. 따라서 갑상샘암 환자의 몸에 방사능 요오드를 주입하면 이 요오드는 곧바로 갑상샘으로 달려가 암세포를 공격한다.

그런데 방사선 치료를 받고 나면 거의 3주 동안은 환자 스스로 마블 만화에 나오는 빛을 뿜어내는 영웅처럼 인간 토치가 되어 방사선을 뿜어낸다. 대변에서도 방사선이 나오고 침에서도 방사선이 나오고 깎은 발톱에서도 방사선이 나오고 오줌에서도 땀에서도 머리카락에서도 방사선이 나온다. 그렇기 때문에 몸에서 나는 빛이 사라질 때까지 격리되어야 한다. 무슨 SF 영화에나 나올 법한 이야기지만 사실이며, 이는 내가 아주 좋아하는 나딘 고디머Nadine Gordimer의 소설 『인생을 즐겨Get a Life』의 주요 배경이 되기도 했다. 소설 속에서 주인공은 방사능 요오드 치료를 받은 뒤에 18일 동안 가족들과 떨어져 지내면서 자신의 인생을 다시 평가해보게 된다.

이 글을 쓰기 시작한 뒤로 나도 내 인생을 다시 되돌아보게 되었다. 글을 쓰는 동안 나는 계속해서 내 목 아래쪽에 엄지손가락을 대고 꾹 눌러보았다. 힘줄도 느껴지고 내 정맥을 감싸고 있는 지방도 느껴졌지만 나비넥타이 같은 기관은 느껴지지 않았다. 모든 것이 제대로였고 아무 문제가 없었다. 내 갑상샘은 제대로 기능하고 있었다. 하지만 그건 순전히 내가 20세기에 태어난 덕분이다. 아프리카 서부에 살았던 내 조상은 바닷가에서 살지 않았다. 내륙 깊은 곳에서, 갑상샘에는 절실한 요오드가 부족한 곳에서 살았다. 예전에 나는 갑상샘종을 분명히 본 적이 있었다. 아주 거대하고 밑으로 길게 늘어져 있는 갑상샘종이었다. 갑상샘이 아주 커지면 기관을 눌러 숨쉬기가 몹시 어려워질 수도 있다. 갑상샘이 후두를 누르게 되면 목소리가 거칠어지고 굵어진다. 세계 어디를 가든 300년 전만 해도 목 밑에 커다란 혹이 나 있고 목소리가 거칠고 생리조차 하지 않아 아이가 없는 여자가 받을 취급은 단 하나뿐이었다. 바로 마녀다.

이제 내 마음은 한 가지 실없는 일을 떠올린다. 나에게는 크리스마스 파티를 거하게 벌인 뒤에 남은 허리와 졸로프 라이스와 칠면조 고기를 먹고 난 뒤에 얻게 되는 복부가 있다. 혹시 티록신을 조금 먹으면 신진대사량이 늘어나고 내 지방을 조금 태울 수 있지 않을까? 이 호르몬을 살을 빼기 위한 수단으로 활용할 수는 없을까? 슈퍼 다이어트 알약으로 판매할 수 있지 않을까? 그럴 수만 있다면 분명히 누군가는 수십억 파운드를 벌어들일 수 있을 텐데. 하지만 나는 깡마르고 성마른 사람이 되겠지. 이제는 저체중이 된다고 해서 아주 의기양양해지거나 만족스러울 것 같지는 않다. 그런데 이런 영악한 생각을 한 사람은 내가 처음이 아니었다. 구글에서 찾아보니, 티록신을 체중 감량제로 사용한 사례가 있었다. 그런데 그 부작용이 너무나도 무시무시했다.

내가 사람들에게 갑상샘에 관한 글을 쓰고 있다고 하자, 갑자기 갑상샘 이야기가 쏟아져 나왔다. 마을 움막에서 살았던 할머니는 달걀처럼 생긴 갑상샘종을 돌아가실 때까지 떼어내지 못했다. 안경 뒤로 눈이 커다랗게 부어 있던 선생님도 생각난다. 이제는 혈액에 너무나도 많은 티록신이 있었기 때문에 눈이 그렇게 커졌다는 사실을 안다. 하지만 나와 친구들이 그분에게 '개구리 눈'이라고 부를 때는 정말이지 그런 사실을 몰랐다. 내 친구는 60대인 자기 어머니가 계속 추위하고 기운이 없었다고 했다. 의사는 '갱년기'이기 때문이라고 했다. "갱년기가 되면 몸이 변합니다. 마음도 어느 정도는 그렇고요." 의사는 그렇게 말했다고 했다. 하지만 증상이 너무 오랫동안 계속되자 친구 어머니는 여러 검사를 더 받았고 결국 갑상샘이 활동하지 않는다는 사실을 알게 되었다.

그런데 갑상샘 이야기를 하는 사람은 거의 대부분 여자였다. 갑상샘은 왠지 우리 여자에게만 문제를 만드는 것 같았다. 갑상샘 이야기가 지능이나 용기가 아니라 허영과 관계가 있는 이유는 그 때문인지도 모른다. 커다란 심장은 남자의…… 용기를 나타내며, 커다란 머리는 남자의…… 지능을 나타내며, 커다란 갑상샘은 여자의…… 아름다움을 나타낸다. 물론 그렇겠지.

하지만 여자들 이야기가 많은 이유는 갑상샘이 쉽게 눈길을 끄는 곳에 있기 때문인지도 모른다. 우리 이모는 서툰 외과 의사가 갑상샘 절개 수술을 하는 바람에 목에 1페니만 한 흉터가 남고 말았다. 그 때문에 이모는 옛날 영화배우들처럼 우아한 실크 스카프를 목에 두르고 다녔다. 목 아랫부분을 감춰주는, 커다란 펜던트가 달린 목에 딱 달라붙는 갑상샘 목걸이도 차고 다니셨다. 갑상샘이 등이나 발이나 허벅지 위에 있었다면 아무도 부풀어 오른 모습을 보지 못해 비정상적인 갑상샘을 그린 그림도, 갑상샘증을 앓고 있음이 분명한 마리아도, 흉터를 감추려고 착용하는 장신구도 생겨나지 않았을 것이다.

이 글을 쓰려고 자료 조사를 마쳤을 때쯤에는 아무나 붙잡고 전화기로 한참을 떠들 수 있을 정도로 잡다한 사실을 많이 알게 되었다. 내 주위에 있는 사람을 아무나 붙잡고 내년까지 괴롭혀도 좋을 만큼 많은 내용을 알게 되었다. 시계를 차고 있다면, 그 시계를 쳐다보라. 혹시 아일랜드의 의사 로버트 그레이브스Robert Graves가 초침을 발명한 이유가 갑상샘 기능 항진증이 있는 자기 환자들의 빠른 심장 박동을 추적하기 위해서였다는 건 아는가? 케일을 많이 먹으면 갑상샘종에 걸릴 수 있다는 것은? 콜리플라워랑 브로콜리, 순무, 무 모두 그렇다. 왜냐하면 모두 요오드가 체내에 저장되는 걸 막는 갑상샘종 유발 식품이기 때문이다. 그러니까 채소도 너무 많이 먹지는 말라.

나는 이 글을 완성할 무렵에 엄청난 경이로움에 사로잡혔다. 보통의 사람들처럼 나도 내 몸을 당연하게 여긴다. 나는 가장 복잡하고도 복잡한 구조물 속에서 살고 있지만 어쨌거나 아침에 깨어 활동을 하고 밤이 되어 잠자리에 들기 전까지 내 속에서 일어나는 일에 거의 흥미가 없다. 하지만 내가 매일같이 쓰고 읽고 생각하는 동안 내 목의 가장 아랫부분에서는 모든 일이 골디락스 지점에서 일어날 수 있도록 애쓰는 작은 용광로가 있다. 너무 뜨겁지도 너무 차갑지도 않은 적당한 상태가 되도록 애쓰는 나비넥타이 모양의 용광로가 말이다.

대장

Bowel

윌리엄 파인스 William Fiennes

영국의 소설가. *The Music Room*(2009)과 서머싯몸상을 받은 *The Snow Geese*(2002)로 알려졌다. 19세에 크론병 진단을 받았다.

Bowel
대장

가장 깊은 속내를 누구에게도 감출 수 없게 되었을 때

군중 속에서 나는 저들 중에도 나 같은 사람이 있는지, 멸균 가제를 붙이고 가스를 거르는 탄소 필터를 달고 있는 사람이 있는지, 두 부분으로 나뉜 최신 보조 장치에 연결된 플라스틱 용기를 소지한 사람이 있는지 궁금해하면서 사람들 얼굴을 살펴본다. 설령 서로를 알아보지 못한다고 해도 우리는 비밀 협회 회원들이다. 대부분의 사람은 살아가면서 절대로 한 번도 보지 못할 기관을 보고 있는 사람들이다.

통증이 시작됐을 때 나는 열여덟 살이었다. 장이 비틀리는 것처럼 경련이 일었고, 변기 가득 핏물이 차고 열 번인가 열두 번 정도 설사를 하면서 몸은 극도로 약해졌다. 단단한 무언가가 내 몸을 꿰뚫고 지나간 듯 새털구름처럼 구멍이 뻥뻥 뚫린 유령이 된 것 같았다. 어렸을 때는 병은 가끔씩만 걸리는 것이고, 아주 심할 때는 며칠 침대에 누워 엄마가 오렌지 주스에 포도당 가루를 타서 주고, 뜨거운 물이 담긴 주전자를 침실에 놓아 증기를 만들고, 내가 다시 돌아갈 때까지 외부 세계가 나를 기다려주는 것이라고 생각했다. 하지만 열여덟 살 때의 그 통증은 새로운 경험과 언어가 필요한 전혀 다른 차원의 고통이었다.

공기를 불어 넣어 풍선처럼 부푼 뱃속으로 들어가는 S 자 결장 내시경, 코로 들어가 목구멍을 지나 위와 회장(소장의 마지막 부위)으로 들어가는 플라스틱 튜브, X선 사진 속에서 구불구불한 소시지 같은 나선 모양을 드러내 보이는 묵직한 바륨 용액, 지혈대로 고정하고 라텍스로 만든 골무를 끼고 정맥을 누르면서 "조금 따끔할 겁니다"라는 주문 같은 말을 되풀이하는 채혈사, 늘 옆에서 떠나지 않는 링거대, 마취제로 의식을 잃기 전에 느껴지는 금속의 비릿한 맛, 케뉼라, 내시경, 비장 굴곡, 휴스턴 밸브, 궤양, 육아종, 크론병 같은 용어들을 알아가며 매번 새로운 경험을 해야 하는 고통이었다.

이 세상에는 반드시 무언가 잘못되어야만 생각나는 것들이 있다. 자동차 팬벨트, 전기·가스 겸용 보일러, 그리고 대장이다. 나는 대장을 떠올리면서 배꼽 뒤에 있는 끈적끈적하고 뒤죽박죽 뒤섞인 무언가를 상상했다. 그런데 소화과 전문의들은 그곳으로 6미터나 되는 관을 밀어 넣는다. 양쪽 끝으로 뚫려 있는 내 입에서 항문까지 식도와 위, 작은창자, 회장, 결장, 직장으로 이루어졌고, 척수의 신경 세포보다 훨씬 더 많은 1억 개 신경 세포(뉴런)가 분포하고, 인체에서 분비하는 세로토닌의 95퍼센트를 생산하는 그 정교한 소화관으로 말이다. 나는 내 뱃속에서 가로로 누워 있는 결장 혹은 대장의 형태를 분명하게 느끼기 시작한다. 위로 올라가다가 비장의 만곡부와 간의 만곡부에서 구부러지고 다시 내려가는 S자 형태의 결장은 건강할 때는 물, 침, 위산, 담즙, 이자액 같은 액체를 매일 10리터씩 흡수하는 영리한 주머니다. 하지만 어둡고 구불구불한 터널을 뚫고 들어가는 관 앞에 전조등이 달린 움직이는 작은 눈을 가진 대장 내시경이 찍어준 나의 것은 궤양과 염증과 흉터 조직이 가득한, 엉망으로 벌겋게 충혈된 생체 기관이었다.

촬영되는 창자를 보는 것도 충분히 이상했지만 그것으로 끝이 아니었다. 나는 곧 장을 직접, 실제로 내 손 옆이나 아래에서 볼 수 있었다. 의사들이 내 오른쪽 엉덩이 윗부분에 구멍을 내더니 창자를 조금 꺼내 칼로 잘라 거기서 흘러나온 반쯤 소화된 유미즙을 내 앞에 있는 봉투에

담았다. 의식이 돌아온 나는 집도실에 있는 심장 모니터에서 나는 '삐삐' 하는 소리를 들을 수 있었다. 가끔은 걱정이 될 정도로 아주 큰 소리가 나기도 했는데, 나중에 알고 보니 그 소리는 간호사들이 전자레인지에 음식을 데우는 소리였다. 나는 내 스토마stoma(장루), 그러니까 내 엉덩이 위로 삐져나온 뾰족한 창자의 분출구를 보고 싶었다. 나는 이 구멍을 만나고 싶었다. 내 인생에 새롭게 등장한 이 구멍은 이미 내 몸의 일부가 전혀 아니라는 듯이 자기만의 개성을 가진 존재로 거듭나고 있었다.

다음 날 아침, 간호사가 침대 옆 커튼을 걷고 내 침대 커버를 젖혔다. 밑을 보니 겉에는 피와 노란 거품이 묻어 있고 안에는 고무나 혀처럼 보이는 분홍색 같기도 하고 빨간색 같기도 한 촉촉하고 부드러운 덩어리가 들어있는 작은 비닐 백이 보였다. 내가 겁에 질렸다고 생각했는지 간호사는 그 덩어리에는 신경이 전혀 없으니 자기 손가락을 내 옆구리에 넣어도 아무 느낌 없을 것이라며 나를 안심시키려고 애썼다. 나는 내가 마취에 취해 비몽사몽일 때 그 간호사가 내 구멍 안으로 손가락을 집어넣었다가 손까지, 마침내는 팔목까지 내 몸속으로 깊숙이 집어넣고 내 맹장이나 비장을 움켜잡고 잡아당겼지만 그런 기이한 일을 했다는 증거인 핏자국은 어디에도 남기지 않았을 거라는 상상을 하기도 했다.

며칠 뒤 나는 연고, 습윤 드레싱 밴드, 외상 보호 장치, 여자아이들이 긴 머리에 꽂는 머리핀 같은 하얀 플라스틱 클립, 멸균 솜, 카드 플랜지에 구멍을 뚫을 특수한 곡면 가위가 담긴 녹색 플라스틱 통을 들고 집으로 와야 했다. 모든 건 익숙해지기 마련이다. 시간에 맞춰 화장실로 가서 무릎을 꿇고 달고 있는 주머니를 비우고 씻고 말리는 일에 익숙해졌다. 온갖 냄새 나는 물건을 기저귀나 개 배설물 치울 때 쓰는 냄새 방지 비닐봉지에 넣고, 스토마 위에 다시 연고를 바르고 밴드를 붙이고 밴드가 떨어지지 않도록 플랜지로 누르고 클립으로 고정해 구멍을 막는 일을 능숙하게 해낼 수 있게 되었다.

그전까지는 이 속에서 일어나는 일을 주시하는 것이 얼마나 흥미로운 일인지 미처 짐작도 하지 못했다. 나는 채 썬 양배추나 완두가 둥둥 떠 있는 이탈리안식 수프나 맑은 과일 주스 혹은 걸쭉한 오트밀 같은 유출물이 가득 든 주머니를 앞에 차고 다니는 느낌을 늘 느끼며 살아야 하고, 은밀하게 감춰져 있던 내 몸의 작용을 훔쳐볼 수 있는 창문을 가지게 되고, 밤새 내 몸에서 배출한 가스로 아침이면 체펠린 비행선zeppelin(독일의 체펠린이 최초로 발명한 경식 비행선으로 비행선을 띄우는 부양용 가스주머니와 선체가 분리되어 있다)처럼 부풀어 올라 주머니의 이음새를 터질 것처럼 빵빵하게 만들고, 욕조에 들어가면 구명복을 입은 것처럼 내 엉덩이를 수면 위로 밀어 올리는 주머니를 들고 다녀야 하는, 그런 속사정 말이다.

스토마도 충분히 내 흥미를 끌었다. 그리스어로 스토마는 '입'이라는 뜻이다. 내 오른쪽 엉덩이 위쪽에 젖꼭지처럼 솟아 있는 분홍색 돌기는 가끔씩 늘어지고 길어져서 마치 제2의 페니스처럼 내 배 위로 툭 튀어나왔다. 주머니를 갈다가 내 스토마도 아주 변덕스러운 개성이 있고 기분이 바뀐다는 사실을 알았다. 피부에 착 달라붙어서 유두처럼 작게 오므라져 있을 때도 있지만 마치 내 몸밖으로 뛰쳐나갈 것처럼 아주 길게 늘어져 있을 때도 있다. 길게 늘어져 있을 때는 마치 산호초 사이 구멍 밖으로 몸을 길게 늘이고 있는 장어나 혹은 엉망이 된 방을 살펴보려고 영화 〈에이리언〉에 등장하는 존 허트(케인 역)의 배밖으로 불쑥 고개를 내밀고 있는 에이리언처럼 보이기도 한다. 내가 무엇을 먹었는지, 내가 얼마나 평온하게 있는지에 따라 스토마는 유미즙을 변기에 쏟아내기도 하고 방울방울 떨어뜨리기도 하는데, 가끔은 내 몸에서 일어나는 작용을 이렇게 쳐다보고 있어도 되는지, 액체를 쥐어짜고 있는 근육이 하는 일을, 장을 따라 대변을 밑으로 내려 보내는 근육의 연동 운동을 이렇게 가까이에서 느껴도 되는지, 심장 박동처럼 자율신경이 조절해야 하는 일을 이렇게 의식을 가지고 직접 하고 있어도 되는지에 대한 의문이 들어 상당히 끔찍하게 느껴질 때도 있다.

이 모든 것에 정말로 매료되냐고? 물론이다. 하지만 아주 역겹기도 하다. 가끔 주머니가 밤에 벗겨지는 때도 있는데, 그럴 때면 내 배를 덮고 있는 배설물의 온기와 냄새를 느끼면서 깰 수밖에 없다. 나는 가끔 거울 앞에 서서 내가 온종일 들고 다니는 오물 주머니, 내 옆구리에 붙어있는 분홍색 장이라는 전혀 자연스럽지 않은 장식물을 물끄러미 쳐다보고는 한다. 끔찍한 죄를 저지른 사람에게 신이 그 사람의 수치를 주머니에 담아 배나 옆구리에 달고 다니게 하는 이야기를 생각해볼 때도 있다.

나에게 스토마와 스토마에 달린 부속품들은 '관능'의 반대말과 같았다. 내가 성생활을 하지 못하게 가로막는 방해물들이라는 생각이 들었다. 다른 사람 앞에서 옷을 벗어 내 셔츠 안의 대변 주머니를 보여준다고? 상상도 할 수 없는 일이다. 심지어 다른 사람을 안거나 가까이 서서 춤을 추는 일도 상상할 수 없다. 그 사람은 내 옷 밑에 있는 묵직하고 물컹한 똥이 담긴 비닐 주머니를 분명히 느낄 테니까. 언젠가 처음 만난 여인이 내 앞에 무릎을 꿇고 있는 꿈을 꾼 적이 있다. 대변 주머니를 달고 있지 않은 깨끗한 내 스토마가 밖으로 드러나 있었는데, 그녀가 몸을 앞으로 기울여 내 스토마에 입을 맞추었다. 그 순간이 얼마나 은밀하게 느껴졌던지 나는 거의 숨도 못 쉴 지경이 되어 꿈에서 깨어나고 말았다. 어쩌면 그녀는 내 간이나 사실 실제로 그 누구도 접근할 수 없는 내 심장의 판막에 입을 맞추려고 했을지도 모른다. 촉각으로만 생각해보면 그녀의 입술은 점막 조직에 닿았을 테고 대장의 연약하고 부드러운 속살은 그녀의 혀를 행복하게 해주었을 것이다.

군중 속에서 나는 저들 중에도 나 같은 사람이 있는지, 멸균 가제를 붙이고 가스를 거르는 탄소 필터를 달고 있는 사람이 있는지, 두 부분으로 나뉜 최신 보조 장치에 연결된 플라스틱 용기를 소지한 사람이 있는지 궁금해하면서 사람들 얼굴을 살펴본다. 설령 서로를 알아보지 못한다고 해도 우리는 비밀 협회 회원들이다. 대부분의 사람은 살아가면서 절대로 한 번도 보지 못할 기관을 보고 있는 사람들이다. 변기 옆에 꿇어앉아 자신을 비우고, 자는 동안 배꼽에서 위쪽으로 오물이 흘러나오는 기분이 어떤지를 알며, 피부에 달라붙은 주머니를 떼고 뜨거운 물로 샤워를 하면 옆구리에서 살아가는 부드러운 분홍색 벌레 위로 물이 어떤 식으로 흘러가는지, 몸 안으로 물이 흘러들어가는 느낌이 어떤지를 아는 사람들이다. 그리고 나는 내 장에 갈라놓은 구멍을 다시 꿰매고 밖으로 나와 있던 내 장이 원래 있어야 할 자리로 들어간 뒤에 내 속에서 일어난 일이 다시 한번 감춰지고, 인체 한가운데 있어야 할 장기가 밖으로 나와 그 모습을 과시하지 않는 순간이 되면, 나는 다시 자연이 원래 의도했던 완전한 몸으로 돌아가 회복되리라고 생각한다.

나는 장기 탈출증에 관해 아는 것이 없었다. 자기 몸에 스토마를 만든 사람이라도 대부분은 창자가 밖으로 길게 늘어뜨린 것처럼 탈출할 수도 있다는 사실을 알지 못했다. 그래서 나 역시 어느 날 오후에 내 스토마가 평소보다 길어진 모습을 보고 얼마나 놀랐는지 모른다. 사실은 내 몸과 주머니의 간격을 떨어뜨렸을 때 스토마의 끝부분이 전혀 보이지 않았다. 그저 비닐 주머니 안에 아주 긴 분홍색 호스가 똬리를 틀고 있었다. 너무 놀라 주머니를 떨어뜨린 나는 15~18센티미터 정도 나와 있는 대장을 부여잡고 이렇게 계속해서 장이 밖으로 나오다가는—그때는 정말로 그렇게 될 것만 같은 기분이 들었는데—결국 내 몸 안이 인형처럼 텅 비어버릴지도 모른다고 생각했다.

나는 스토마의 원형에 관한 이야기를 들은 적이 있다. 수백 년 전에 머스킷 소총탄에 배가 뚫린 병사들은 흘러내리는 창자를 자기 손으로 받아들고 있었다고 했다. 성 에라스무스를 그린 그림을 보면 로마의 박해자들은 닻감개(선박 갑판에 설치해 닻을 감아올리거나 풀어 내리는 기계)로 성자의 몸에 뚫은 구멍 밖으로 창자를 빼내고 있어 사람과 기계가 아주 팽팽한 탯줄로 연결되어 있는 것처럼 보인다. 나중에 나는 내 창자를 익힌 파스타 면처럼 미끄럽고 뜨거운 상태로 체에 받치는 꿈을 꿨다.

녹색 점프슈트를 입은 긴급 의료원 던이 급히 달려와 나를 침대에 눕혔다. 내 위에 선 던은 장갑을 낀 손으로 내 몸속에서 빠져나온 벌레를 다시 내 몸속으로 집어넣

222

었다. 내 창자는 젖꼭지 같은 돌출부조차 없는 고래의 숨구멍처럼 내 피부와 같은 선상에 있는 입구가 될 때까지 내 몸속으로 되돌아갔다. 왠지 나는 밖으로 나온 장을 다시 넣는 과정이 전혀 아프지 않다는 사실에도, 인간의 진화에서 계획하지 않은 일이 일어났는데도, 육체의 질서와 형태가 흐트러졌는데도, 위험하다는 징후를 나타내는 고통이 전혀 없다는 사실에도, '이건 아닌데' 하는 느낌만 들었다.

이 모든 경험을 해야 했던 때가 지금은 아주 오래전 일인 것처럼 느껴진다. 20대를 2년 앞두고 있던 나는 내 대장이 그저 추상적인 존재가 아님을 알았다. 외과의가 그 작은 입을 꿰매고 내 창자를 모두 다시 배 안으로 넣는 수술을 한 뒤에도 며칠 동안 나는 거울 앞에 서서 스토마가 있던 자리에 붙인 거즈를 떼고 구멍이 막힌 내 옆구리를 쳐다보고는 했다. 왠지 내가 제자리로 돌아와 다시금 완전한 하나가 된 것만 같아 거의 숨도 쉴 수 없었다.

그때 내가 했던 경험을 그리워하게 될 것 같지는 않다. 손에 들고 있던 주머니의 묵직함, 유미즙의 놀라울 정도로 달콤하면서도 시큼한 냄새, 백 플랜지에 직접 구멍을 내려고 사용한 개구 수술용 가위와 내 익숙한 손놀림, 예측하기 힘든 행동과 기분을 보여준 진귀한 애완동물 같았던 스토마, 얼굴이 찡그려지던 여러 검사들, 세상이 궁금한지 길게 몸을 빼고 밖으로 나와 매달려 있던 창자, 그 모두를 말이다. 나는 엉덩이 위에 남아 있는 흉터를 내려다보면서 내 피부라는 따뜻하고 붉은 둥지 안에서 살아가는 내 창자들을 떠올려본다.

뇌

Brain

필립 커 Philip Kerr

히틀러 정권 초기의 베를린을 배경으로 경찰 출신 탐정 베른하르트
귄터가 활약하는 소설 *March Violets*(1989)으로 데뷔했다. 이 작품으로
프랑스 미스터리 비평가상과 프랑스 모험소설 대상을 받았고,
지금까지 영어덜트를 위한 Children of the Lamp 시리즈를 비롯해
40여 편의 소설을 발표했다.

Brain
뇌

세상에서 가장 위대하고 경이로운 미스터리

뇌는 처음으로 뇌와 머리의 지도를 제작하려고 했던 초창기 뇌 지도 제작자들은 꿈도 꾸지 못할 방식으로 탐구하고 밝혀지기 시작했다. 이제 작가인 내가 신경외과학에 관한 주제로 에세이를 쓸 수 있을 거라는 미친 생각을 하게 한 것이 내 뇌의 어느 부분인지를 알아낼 수만 있다면, 아마도 우리는 뇌에 관한 모든 것을 알아낼 수 있을 것이다.

미국 드라마 〈브레이킹 배드〉의 주인공 월터 화이트는 폐암 진단을 받은 중년의 고등학교 화학 교사이다. 빈털터리이던 화이트는 자신의 제자 제시 핑크맨과 함께 고체 메스암페타민(마약)을 만들어 죽기 전에 가족에게 큰 돈을 만들어줄 일생일대의 범죄를 저지를 계획을 세운다. 시즌 5까지 방영된 이 드라마의 줄거리를 제작자 빈스 길리건은 "칩스 선생님을 데려다가 스카페이스로 만드는 이야기"(칩스 선생님은 한 노교수의 일대기를 다룬 영화 〈굿바이, 미스터 칩스〉의 주인공으로, 따뜻하고 인간적으로 존경할 만한 교사의 표본이다. 영화 〈스카페이스〉는 대표적인 갱스터 영화로, 접시닦이였던 주인공 토니 몬타나는 조직을 장악하고 보스가 되지만 끝내 파국을 맞이한다)라고 아주 간단히 설명했다. 전두엽 절제술은 한때 의학 치료계의 스카페이스였다. 정신병 증상을 치료한다는 목적으로 뇌 일부를 잘라내거나 긁어내 때때로 한 사람의 성격이나 지능을 바꿔놓기도 했다.

하지만 나는 이 짧은 에세이에서 〈브레이킹 배드〉와는 달리 스카페이스를 칩스 선생님으로 바꾸는 수술 방법에 관해 이야기하고자 한다. 이 글을 읽는 사람들이 한때 악명을 떨쳤던 외과 수술이 이제는 측두엽간질을 앓는 수많은 사람에게 희망을 주고, 전두엽 절제술이라는 말이 더는 뇌 신경외과적 개입으로 지능이 떨어지거나 무기력한 사람이 되었음을 의미하지 않는다는 사실을 알게 되기를 바란다. 그러나 "우리는 지금 마음만 앞서고 있어, 제시"라고 했던 월터 화이트의 말이 옳다. 일단 우리는 먼저 스카페이스, 즉 전두엽 절제술이 무엇인지부터 살펴보아야 한다.

전두엽 절제술은 포르투갈 신경학자 안토니우 에가

스 모니스António Egas Moniz가 1935년에 처음 실시했다. 사람의 눈꺼풀 뒤로 송곳을 집어넣어 뇌의 일부를 잘라내는 수술법이 어떻게 그렇게 인기를 끌 수 있었는지 도무지 이해할 수 없을 것이다. 하지만 전두엽 절제술은 1940년대가 되면 엄청나게 증가했고, 1951년 한 해, 미국 한 곳에서 실시한 전두엽 절제술만 해도 2만 건에 이르렀다. 에가스 모니스는 '전두엽 절제술의 정신질환 치료 효과'를 발견한 공로로 1949년에 노벨의학상을 받았다. 하지만 전두엽 절제술은 언제나 논란거리였고 사상자 또한 발생했다. 1950년대 중반에 항정신병 약이 개발되면서 전두엽 절제술은 아주 빠른 속도로 사라져 거의 실행되지 않았다. 바로 이 미숙한 초기 전두엽 절제술이 내가 제일 먼저 살펴볼 내용이다.

존 F. 케네디John F. Kennedy가 리 하비 오스왈드Lee Harvey Oswald가 쏜 총탄에 머리(뇌)를 맞아 사망했다는 사실은 대부분 잘 알고 있을 것이다. 하지만 케네디 대통령의 동생 로즈메리Rosemary Kennedy가 초기 전두엽 절제술을 받았다는 것을 아는 사람은 많지 않으리라고 생각한다. 로즈메리는 스물세 살이던 1941년에 전두엽 절제술을 받았다. 학교에서 가장 영리한 학생은 아니었지만, 그녀의 일기장을 보면 현대의 아주 야심만만하고 무자비한 가부장 중 한 명인 조 케네디Joe Kennedy가 이끄는 대가족 안에서 자신만의 길을 개척하려고 노력했던 사려 깊고 주의력 깊은 여인이었음을 알 수 있다. 로즈메리는 자기주장이 강하고 반항적이었다. 의사들은 조 케네디에게 그때도 역시 실험 단계이기는 하지만 이제 막 개발된 치료법을 이용하면 제멋대로인 딸의 변덕스럽고 돌발적인 행동을 억제할 수 있다고 설득했다. 조 케네디는 아내가 의사들 의견에 찬성하지 않으리라고 생각했는지, 아내에게는 아무 말도 하지 않았다. 어쨌거나 수술에 대한 설명이 아주 소름끼쳤으니까.

의사들은 로즈메리에게 아주 약한 신경안정제를 놓았다. 집도의는 제임스 와츠James Watts 박사였다. 그가 두개골을 절개해 뇌를 드러냈고, 그들은 버터나이프 비슷한 나이프로 로즈메리의 뇌 조각을 잘라냈다. 와츠 박사가 로즈메리의 뇌를 자를 동안 월터 프리먼Walter Freeman 박사는 로즈메리에게 계속 질문을 던졌다. 그가 로즈메리에게 주기도문을 암송하라고 요구했고, 두 의사는 놀랍게도 심전도가 아닌(그때는 심전도를 측정하는 기술이 없었다), 로즈메리의 대답을 근거로 뇌를 잘라냈다. 그러니까 돗바늘로 자기 눈 뒤를 살펴봤다는 아이작 뉴턴만큼이나 무모한 방법을 쓴 것이다. 로즈메리가 기도문을 제대로 암송하지 못하고 횡설수설하기 시작했을 때 두 사람은 뇌 절제를 멈추었다. 그리고 곧 뇌 절제술은 재앙임이 확실하게 드러났다. 로즈메리의 지능은 두 살 어린아이 수준으로 떨어졌다. 로즈메리는 곧 보호시설로 들어갔고, 평생 말하지도 걷지도 못했으며 소변도 가리지 못했다. 조 케네디는 그 뒤로 다시는 딸을 보지 않았다. 로즈메리의 형제들이 그녀가 사라진 진짜 이유를 알게 된 것은 그로부터 20년이 지난 뒤였다.

많은 사람처럼 나도 전두엽 절제술은 책이나 영화로 접했다. 위대한 극작가 테네시 윌리엄스Tennessee Williams의 누나 로즈도 전두엽 절제술을 받았고 평생 제대로 살아가지 못했다. 윌리엄스는 자신의 희곡 『지난여름 갑자기Suddenly Last Summer』에서 동성애자를 '도덕적으로 제정신'으로 만들겠다며 전두엽 절제술이 사용된 것을 비판했다. 하지만 전두엽 절제술의 악명을 열 배 이상 치솟게 한 작품은 뭐니뭐니 해도 1962년에 켄 키지Ken Kesey

가 발표한 소설 『뻐꾸기 둥지 위로 날아간 새One Flew Over the Cuckoo's Nest』일 것이다. 소설에서 거침없고 반항적이며 카리스마 넘치는 주인공 랜들 P. 맥머피는 정신병원의 사악한 수간호사를 공격한 뒤에 전두엽 절제술을 받는다. 킨지의 소설 속 화자는 그 수술이 불러온 끔찍한 결과를 다음과 같이 묘사했다.

> 그의 눈은 쏟아져 들어오는 달빛을 쳐다보고 있었다. 그는 눈 한 번 깜박이지 않았다. 꿈을 꾸듯 멍하니 오랫동안 떠져 있는 그 눈은 마치 두꺼비집의 그을린 퓨즈 같았다.

다른 환자는 맥머피를 보고 "얼굴에는 아무것도 없었다. 그저 가게에 진열해놓은 마네킹 같았다"라고 했다. 나는 영화에서 추장이 무기력한 맥머피의 몸을 조심스럽게 들어 올려 친구의 공허한 얼굴을 보고는 "불은 켜져 있지만 집에는 아무도 없음을(몸은 있지만 정신은 나가버린 상태임을) 깨닫고" 공포에 질리는 장면을 잊을 수 없다. 그 장면은 영화사에서 가장 충격적인 장면 가운데 하나로 꼽힌다. 그리고 1968년에 나온 SF 영화 〈혹성 탈출)에서 찰턴 헤스턴이 지구의 미래에서 과학자가 된 유인원들이 동료 비행사들의 전두엽을 절제했다는 사실을 알게 되는 장면도 그에 버금가는 충격적인 장면이다.

전두엽 절제술에 관한 자료 목록에는 다음과 같은 내용이 적혀 있다. 프리먼 박사와 모니스 같은 초기 전두엽 절제술 시행 의사들은 전두엽 절제술을 조현병, 만성 두통, 편두통, 산후우울증, 조울병, 경도 행동장애 같은 질병을 치료하는 방법으로 활용했다(프리먼 박사는 자신이 하는 일을 '외과적으로 어린 시절을 불러오는' 방법이라고 묘사했다). 프리먼 박사는 하루에 스물다섯 번이라는 엄청난 횟수로 전두엽 절제술을 실시한 적도 있는데, 당연히 그중 많은 사람의 수술 결과가 좋지 않았다. 하워드 덜리라는 소년은 어머니가 그를 싫어한다는 이유만으로 전두엽 절제술을 받아야 했다. 제2차 세계대전이 끝난 뒤에 고국으로 귀환했지만 외상후 스트레스 장애로 고생한 미국 병사들도 전두엽 절제술을 받았다. 수술을 받은 사람이 죽지 않는 한, 시술한 의사들은 영구적으로 뇌가 손상되거나 식물인간 상태가 되는 부작용을 그저 치료의 부수적인 피해에 지나지 않는다고 생각했다.

이쯤 되면 독자들은 전두엽 절제술이 많은 사람에게

도움을 주는 꽤 괜찮은 치료법으로 거듭났다는 사실을 알려주겠다는 나의 목표가 절대 불가능한 것이었다며, 내게 실수를 인정하라고 할지도 모른다. 하지만 실제로 전두엽 절제술은 새로운 명성을 얻었다.

전두엽 절제술은 어떻게 변했을까? 1940~1950년대에 의사들은 자신이 어디로 가는지도 모르고 필요한 지도도 없으며 무엇을 발견하고 언제 도착하게 될지도 모른 채 무조건 스페인을 떠나 항해에 나섰던 크리스토퍼 콜럼버스 같았다. 그들은 자신이 무엇을 하고 있는지도 제대로 모른 채 버터나이프와 칵테일 송곳으로 뇌를 찔러댔다. 하지만 그 뒤로 뇌 지도 제작에 큰 변화가 있었다. X선 촬영, ECT(전기충격요법), MRI, PET(양전자 단층 촬영), SPECT(단일광자 단층촬영), EEG(뇌파도), DBS(뇌심부자극술) 같은 기술들 덕분에 현재 의사들은 뇌의 어느 부분에서 어떤 일이 일어나고 있으며 왜 그런 반응이 일어나는지 훨씬 더 정확하게 알 수 있게 되었다. 이제는 시각, 후각, 언어, 움직임을 관장하는 뇌엽 부분을 분명하게 알고 있다. 예를 들어, 강연을 하고 있는 나를 관장하는 뇌 부위는 전두엽에 속한 브로카 영역이며, 시간이 다 되었을 때 나에게 입을 다물라고 말하는 뇌 부위는 뇌의 뒤쪽으로 가는 부분에 있는 측면 두정엽 영역이다.

가장 위대한 미스터리, 사람의 모든 기관 중에서 가장 경이로운 뇌는 처음 뇌와 머리의 지도를 제작하려고 했던 프란츠 요제프 갈Franz Joseph Gall이나 체사레 롬브로소Cesare Lombroso 같은 초창기 뇌 지도 제작자들은 꿈도 꾸지 못할 방식으로 탐구하고 밝혀지기 시작했다. 이제, 작가인 내가 신경외과학에 관한 주제로 에세이를 쓸 수 있을 거라는 미친 생각을 하게 한 것이 내 뇌의 어느 부분인지를 알아낼 수만 있다면, 아마도 우리는 뇌에 관한 모든 것을 알아낼 수 있을 것이다.

우리는 이제 사람의 머리를 보여주는 마파 문디mappa mundi(중세 유럽의 세계상을 담은 지도)를 가지고 있다. 사실은 전자 마파 세레브룸mappa cerebrum(대뇌 지도)이라고 불러야겠지만 말이다. 전기로 작동하는 마파 세레브룸은 외과 의사에게는 거의 두개골 밑을 여행할 수 있는 최신 위성 항법 장치와도 같은 역할을 한다. 간단한 개두술을 시행하든 뇌경막하혈종을 완화하려고 드릴로 구멍을 내는 천두술을 집도하든 간에 이제 신경외과 의사들은 치료

과정과 결과를 훨씬 더 확신할 수 있는 상태에서 모든 신경외과적 치료를 진행할 수 있게 되었다.

앞에서 살펴본 것처럼 기존의 전두엽 절제술에 대한 평판에 민감할 수밖에 없는 신경외과의들은 지금은 전두엽 절제술을 전방 측두엽 절제술이라고 부른다. 전방 측두엽 절제술은 측두엽의 앞부분을 모두 제거하는데, 이제는 항경련제로 간질 발작을 잡을 수 없는 측두엽간질을 치료하는 표준 치료법 가운데 하나로 자리 잡았다. 뇌 절제술은 아직도 위험할 수 있고 매우 비싸지만 간질 환자의 치료 효과는 80~90퍼센트 정도라고 알려져 있다.

뇌를 자를 때 이제는 더 이상 버터나이프나 송곳을 사용하지 않는다. 그 사실은 용감무쌍한 리포터인 내가 몇 주 전에 런던 퀸 스퀘어에 있는 신경과 및 신경외과 국립병원에서 전방 측두엽 절제술을 직접 보고 왔으니 분명하게 말할 수 있다. 하루에 전두엽 절제술을 스물다섯 건이나 해치우던 시절은 지나갔다. 내가 견학한 전방 측두엽 절제술은 신경외과의 세 명을 포함해 아홉 명이나 되는 의사가 매달려 진행했는데도 거의 여덟 시간 가까이 걸렸다. 나로서는 수술 그 자체보다도 X선으로 환자의 머리를 찍은 사진에 나타난, 거의 보이지도 않는 아주 작은 병변에 신경이 쓰였다. 그 병변은 스위스 시계 제작자도 못 보고 놓칠 정도로 아주 작았지만 집도의 매커보이 박사의 눈을 피해갈 수는 없었다. 매커보이 박사는 그 병변이 환자가 어린아이였을 때 뇌의 해당 부위에서 열이 나면서 변성됐을 수 있는데, 어쨌거나 환자의 간질 발작을 일으키는 원인이 분명하다고 했다. 전방 측두엽 절제술은 몹시 차분한 환경에서 시작한다.

지금은 개두술을 실시하기 전에 두 시간에 걸쳐 전기수술기로 근육을 떼어내고 두개골 표면을 깨끗하게 제거한다. 그 뒤에 초고속 드릴로 두개골을 절개하는데 흡사 치과에서 스케일링을 받을 때 나는 소리와 냄새가 났다. 종이로 만든 성냥갑 크기로 떼어낸 두개골은 수술이 끝난 뒤에는 안전하게 다시 원래 자리로 되돌려놓는다. 두개골 밑에는 경질막이라고 하는 뇌를 감싼 막이 있는데, 마치 양의 내장으로 만든 스코틀랜드의 전통 음식인 해기스 껍질처럼 보인다. 이 막을 절개하면 거미줄 같은 혈관에 덮인 반짝이는 회색빛 뇌가 나오는데, 그 모습은 마치 영화 〈에이리언〉에 나오는 정말 마음에 드는 알의 모습과 똑 닮았다. 거대한 신경외과용 현미경으로 사람의 두개골처럼 아주 깊은 곳에 있어 쉽게 접근할 수 없는 공간을 완벽하게 볼 수 있게 되었으므로 뇌를 쪼개는 것 같은 극도로 섬세한 작업도 해낼 수 있게 되었다.

수술을 하면서 외과의는 나에게 전두엽 절제술이 끝나면 뇌 회로는 빠른 속도로 다시 연결되기 때문에 환자는 시냅스가 새로 형성되는 동안에는 단기간 불편할 수도 있지만 그 뒤로는 평생 간질 발작에서 벗어날 수 있으니 충분히 가치 있는 투자를 하는 거라고 말했다. 의학을 모르는 내가 보기에도 송곳과 추측을 바탕으로 마구잡이로 하는 수술이 아니라 이제는 엄청난 기술과 정밀한 과학적 절차를 밟으며 매우 발전한 뇌 절제술이 진행되고 있었다. 한 가지 기쁜 소식을 전하자면 내가 수술 과정을 지켜보았던 그 환자는 이제 완전히 회복됐으며 신경외과 수술을 받은 뒤로는 측두엽간질 발작도 없다고 한다.

만약 월터 화이트의 어린 범죄 파트너 제시 핑크맨이 내가 서 있던 바로 그 전두엽 절제술 수술 현장에 있었다면, 그는 분명히 신경외과 의사와 손바닥을 마주치면서 이렇게 외쳤을 것이다.

"Yo, 친구! 이게 과학이지!"

자궁

Womb

토머스 린치 Thomas Lynch

시인, 작가, 장의사. *The Undertaking*(1997)은 내셔널 북어워드 최종후보에 올랐고, 아메리칸 북어워드를 수상했다. 1974년부터 미시간주 밀퍼드에서 대를 이어 장의사로 일하고 있다.

Womb
자궁

인간 존재의 여정이 시작되는 곳

어휘집을 살펴보면 우리 인간이 느끼는 소리와 감각은 '무덤grave'과 '임신한gravid'이라는 단어가 어원을 공유하고 있다는 것을 알 수 있다. '엄숙함gravitas'도 '중력gravity'도 '은총grace'도 '감사gratitude'도 마찬가지다. 사람의 언어 가운데 가장 분명하게 운율을 맞추고 있는 단어는 '자궁womb'과 '무덤tomb'이다.

자궁에 관해 생각할 때면 별이 빛나는 하늘을 바라볼 때처럼 무언가에 대한, 혹은 아무것도 아닌 것에 대한 상상들이 나를 가득 채운다. 언제나 그랬다. 우주가 인류의 마지막 개척지라면 자궁은 첫 번째 개척지다. 미국 시인 윌리스 스티븐스Wallace Stevens의 말처럼 자궁은 "어떤 것에 대한 생각이 그 어떤 것 자체가 되는 곳"이기 때문이다. 자궁은 우리의 기대가 머무는 성궤이고 우리가 출발할 못자리이며 안전한 항구요, 첫 번째 집이자 거주지이며 기쁨의 대단원을 맞이할 정원이다. 온도는 적절하고 집세도 너그러우며 음식은 훌륭하고 전화나 세금 징수원 때문에 괴로워질 이유도 없는 곳이다. 약하게 한 번, 강하게 한 번, 번갈아가면서 뛰는 엄마의 심장 소리가 '우리 존재'라는 첫 번째 시의 구절로 바뀔 세상으로 나오게 되는 곳이 바로 자궁이다.

장례학교 학생이었을 때 나는 16세기에 살았던 위대한 의사이자 해부학자였던 안드레아스 베살리우스 Andreas Vesalius의 『인체의 구조에 관하여De Humani Corporis Fabrica』를 처음 읽었는데, 그 책에 있는 60번, 61번 삽화를 보면서 실존주의적이고도 존재론적인 경이로움에 사로잡혔다.

베살리우스는 1세기에 그리스에서 살았던 철학자이자 의사였으며 합리적이고 경험적인 의학 연구를 진행했던 페르가몬의 갈레노스Galen를 따르던 제자라고 할 수 있다. 베살리우스의 저 책에는 자신이 부검해서 해부하고 있는 여성의 신체를 뚫어지게 쳐다보고 있는 남성이 나온다. 활짝 펼쳐놓은 공동과 가슴의 피부를 벗긴 머리 없는 여성의 인체는 아주 부드러워 보이는데, 베살리우스가 얼마나 정교하게 인체를 그렸는지 알 수 있다.

그때까지 내가 여성의 몸에 관해 아는 것이라고는 거의 초보적인 지식밖에는 없었다. 만지고 쓰다듬고 안고 음미할 수 있는 것은 알고 있었지만 말이다. 하지만 베살리우스가 명확하게 보여준 인체의 숨김없는 노출은 나에게 너무나도 경이로운 것이었다. 그의 그림들이 드러내고 있는 모습은 묵시론적이었고 형태와 기능의 아름다움을 보여주었다.

베살리우스의 그림들이 그토록 명료하고 교훈적이지 않았다면—깜짝 놀란 내 눈에는 그 그림들이 그렇게 느껴졌다—아마도 지금 깨닫게 된 것들을 그때도 느낄 수 있었을 것이다. 그러니까 지금 이 나이가 되어 여러 경험을 해오면서 깨닫게 된 사실을, 구체적으로 말해서 우리 종의 '번식'이라는 이 서사에서 남자와 여자는 각자 특별한 역할을 맡고 있지만, 번식이라는 문제가 전적으로 여자만의 혹은 전적으로 남자만의 문제는 아니라는 사실을 알아차렸을 거라는 의미다. 남자와 여자는 모두 사람이라는 본질에서 벗어날 수 없는 존재로 생식은 둘이 함께 실행해야지만 진정한 의미를 갖는다. 손바닥도 마주쳐야 소리가 나는 법이다. 우리는 밝혀진 것처럼 이 안에서 하나가 된다.

하지만 지금도 여성의 몸을 볼 때는 여전히 감사한 마음과 경외심을 동시에 느낄 수밖에 없다. 그것은 두 가지 다른 의미를 동시에 가지고 있는 단어를 접할 때처럼 우리 모두는 같지만 모두 다르다는 분명한 사실을 확증해주는 것 같아 나로서는 기쁨을 느낄 때가 많다. 해부학자들은 사람의 은밀한 부위를 연구해 남자의 생식기는 그저 여성의 생식기를 뒤집어놓은 형태일 뿐이라는 것을 밝혀냈다. 그래서 남성의 남근이 맞춤 양복처럼, 칼집에 넣은 칼처럼, 장갑을 낀 손처럼, 설교단에 선 사제처럼, 깊게 파놓은 묏자리에 들어간 관처럼 여성의 외막과 근육 그리고 점막에 딱 맞아떨어지는 것이다.

하지만 칼이 칼집보다 더 소중하다는 착각을 하지 않도록, 위대한 평준화를 말해주는 과학을 한번 들여다보자. 자궁 속에서는 누구나 여성으로 출발한다. 혹시 젠더 문제에 민감한 사람이라면 중성으로 출발한다고 생각해도 되겠다. 배아에 Y염색체와 필요한 호르몬이 있다면 수정되고 6주쯤 되었을 때 Y염색체와 호르몬이 동시에 작용해 자궁 속 배아를 남성으로 바꾼다. 하지만 그렇다고 해도 음낭은 그저 밑으로 내려온 난소에 불과하며 음낭 솔기는 이전에는 여성의 음순이었던 부분이 맞붙은 흔적일 뿐이다. 페니스는 분명히 클리토리스이며, 젖이 나지 않는 유두는 기능하지는 않지만 남성에게도 유방이 있었음을 상기시켜주는 장식품이다. 따라서 어떤 과정이 번식을 확정하는지는 알 수 없지만 삽입, 사정, 배란, 자궁 수축, 수정, 임신은 모두 번식이라는 이 본질적인 신비에서 하나도 빠져서는 안 될 아주 중요한 과정이다. 그 안에서 우리는 하나가 된다. 우리 인간이라는 존재는 남자와 여자가 힘들게 협력했기 때문에 이 세상에 올 수 있었다.

현대 과학은 종마와 아비를 대신할 대역을 만들어냈다. 몇 년 전에 웨스트 클레어에서 젖이 풍부하게 나는 프리지아 종 젖소를 몇 마리 기르는 사촌 노라가 "그들은 이제 황소 정액을 여행 가방에 담아서 가지고 와"라고 말해줬다. 그 말은 왕성한 내 남성성에 치명적이지만 어쩌면 유익할 수도 있는 영향을 미쳤다. 수컷의 번식 과정은 수월하지만 암컷 포유류는 여전히 힘든 출산 과정을 겪어야 한다. 여성은 약해 빠진 제2의 성이 아니라 여성이야말로 시詩의 언어, 존재하지 않는다면 어떠한 일도 일어나지 않는 제1의 성, 가장 맹렬한 성이 아닐까 싶다.

어렸을 때 나는 사산된 아기들을 맡아야 했다. 사실 아주 어린 것은 아니었지만 아직 한 남자라고 하기에는 무척 어린 시절이었다. 장의사로 일하던 아버지 직장에서 도제로 일해야 한다는 것은 병원으로 가서 신발 상자나 도구 상자처럼 생긴 작은 검은 상자에 생명이 꺼져버린 작은 몸을 담아 와야 한다는 뜻이었다. 아직 완전히 자라지 않은 아기들의 발달 상태는 아주 다양했다. 가끔은 아주 완벽하게 자라 있어서 발가락도 손가락도, 코도 눈도 아주 작고 아주 소박하지만 모양은 완전히 제대로 갖추어져 사람을 아주 작게 축소해놓은 것처럼 보이는 아기들도 있었다.

갈레노스의, 베살리우스의, 월리스 스티븐스의 작품이 그렇듯이 사물 그 자체는 사물에 관한 생각을 능가한다. 어머니의 뱃속에서 죽었거나 태어났지만 생명력이 없는 이 작은 태아들은 진지함을, 슬픔을, 지독한 희망과 무덤에 묶여 있을 수밖에 없는, 인간성을 품고 태어난 존재의 쓸쓸함을 가득 안고 있었다. 인간의 모습을 한 태아의 몸은 우리를 이해하는 데 아주 중요하다. 합리주의자와 경험주의자는 언제나 어느 정도는 서로 대립한다. 요람과 관이 어디에서 와서 어디로 가는가에 관한 질문과 관계를 짓는다면, 자궁은 우리 존재가 시작된 원천이며 수원이며 본거지라고 할 수 있다.

아버지의 도제가 된 뒤 얼마 지나지 않아 나는 죽은 태아의, 죽은 어린 아기의, 죽은 10대 아이들의 가족과 함께 앉아 있는 법을 배웠다. 그 아이들을 만들었지만 그 아이들보다 더 오래 살게 된 부모와 함께하는 법을 배운 것이다. 아이의 아버지는 두 사람이 아기를 만들었던 밤의 행복을, 그 키스와 포옹을 기억하고, 아이의 어머니는 중력을 처음으로 느꼈던 순간을, 그 장중함과 진지함을, 임신이라는 중대한 결과를, 배에서 느껴지는 불편함과 가슴의 민감함을, 완전히 변해버린, 혹은 완전히 변할 미래를 선명하게 느꼈던 순간을 기억할 것이다.

내 어린 조수는 "여자들이 자기 자궁을 실제로 소유하게 된 건 불과 100년 정도밖에 되지 않을 거예요"라고 말했다. 그녀는 심지어 지금도 일련의 남자들이—남편, 아버지, 사제, 정치인, 재벌과 마케팅 담당자들은 말할 것도 없고—여자의 몸에 감춰진 장소에 관해, 자궁과 그 부속물에 관해, 자궁 경부와 난소와 나팔관과 외막과 클리

토리스와 대음순과 소음순과 치구에 관해, 이 모든 것이 한데 합쳐져 놀라운 본질을 찬양하게 하는, 우리가 우리 자신을 새롭게 하고 반복하고 번식하고 복제할 수 있게 해주는 기관에 관해 이러쿵저러쿵 너무 많은 말을 한다고 했다.

베살리우스가 이탈리아 파두아에서 해부를 하는 동안 이탈리아의 화가 데펜덴테 페라리Defendente Ferrari는 토리노에서 나무판 안에 〈뱀의 유혹을 받는 이브Eve Tempted by the Serpent〉를 창조하고 있었다. 작품에서 창백한 피부를 드러내고 있는 벌거벗은 10대 소녀의 은밀한 부분은 누금세공으로 만든 얇은 잎으로 가려져 있으며, 소녀는 선악과에서 사과를 따고 있다. 음흉한 눈길로 소녀를 쳐다보고 있는 수염 난 남자 얼굴을 한 뱀이 소녀 옆에 있는 나무 위에 올라타 소녀의 귀에 대고 유혹의 말을 속삭인다. 소녀에게서 낙원이 사라져 가고 있다.

아직 순진한 소녀는 자신이 하는 행동이 어떤 여파를 미칠지 모른다. 소녀에게는 아직 자신의 생식기도 작은 가슴도 배우자의 생식기도 부끄러울 이유가 하나도 없다. 시간이 흐르면 결국 인간의 몰락도, 출산의 고통도,

저항할 수 없는 아름다움이라는 도발도, 죽음 자체도 모두 이 소녀의 잘못이라며 비난을 하겠지만, 지금은 아직 신은 자신의 창조물 덕분에 행복하다. "신이 둘러보니 모든 것이 좋았다." 창세기 3장에 적혀 있는 것처럼 말이다.

데펜덴테 페라리의 이 작품은 둘로 나뉘어 접을 수 있는 목판 성상화이지만, 타락하기 전 생식기를 바짝 세우고 있을 아담이 있는 쪽은 사라져버렸다. 그래서 우리는 아담이 짓고 있을 행복한 표정을 볼 수 없다. 자기를 도와주고 함께 있어 주고 지조를 지키는 이브에게 정말로 기꺼이, 자발적으로 충분히 고마움을 표현하고 있는 아담을 볼 수 없는 것이다.

1882년 부슬비가 내리던 어느 겨울 아침, 수도 워싱턴에서는 검은 옷을 입은 사람들이 의회 묘지에 마련한 작은 무덤 주위로 모여들었다. 그해 유행한 디프테리아에 희생된 어린 아기 해리 밀러의 장례식에 참석한 것이다. 무덤 자리 위에 놓인 판자와 밧줄 위로 조그만 관이 놓여 있었다.

아기 어머니의 울음소리는 시간이 흐를수록 점점 더 커져만 갔다. 장의사가 묏자리 머리에 있는 남자에게 시작하라고 고개를 끄덕였다. 그 남자는 고개를 저었다. 아기의 어머니는 여전히 짐승처럼 울부짖고 있었다. 어머니는 배를 심하게 두들겨 맞은 사람처럼 등을 구부리고 가는 팔로 코르셋을 입지 않은 배를 감싸고 있었다. 가장 가까운 가족의 죽음이라는 날카로운 칼날이 박힌 지점을 자신의 의지로 간신히 붙잡고 버티고 있었다.

"밀러 부인이 괜찮으실까요?" 장례진행자가 물었다. 죽은 아기의 아버지는 고개를 끄덕였고, 죽은 아기의 어머니는 여전히 몸의 중심부에 가해지는 극렬한 고통으로 온몸을 비틀고 있었지만 아무 말도 하지 않았다.

그날 장례식을 주례할 사람은 로버트 잉거솔Robert G. ingersoll이었다. 잉거솔은 비국교회 목사도, 국교회 목사도, 종교 지도자도, 사제도 아니었다. 오히려 그 시대 가장 악명 높았던 무신론자로, 자기 시대의 크리스토퍼 히친스Christopher Hitchens, 리처드 도킨스Richard Dawkins, 빌 마허Bill Maher(세 사람 모두 종교를 조롱하는 무신론자로 구분되는 인물이다)라고 할 수 있는 사람이었다. 단호하게 신자이기를 거부했던 사람이지만, 사실 잉거솔은 노예폐지론자의 관점에서 설교를 하는 바람에 결국 동부와 중서부에서 해고 통지를 받은 조합 교회 목사의 막내아들이었다.

잉거솔은 아버지의 정치적 신념 때문에 어렸을 때 이 교회, 저 교회를 전전해야 했다. 조합 교회에서 아버지를 배척했기 때문에 칼뱅파 교회에 나갔지만, 그곳에서도 버티지 못하고 다른 교회에 나가야 했고, 해리 밀러의 무덤 앞에 서 있던 비 내리던 겨울에는 미국에서 가장 유명한 무신론자가 되어 있었다. 연설가이자 강연자였던 잉거솔은 전국을 다니며 휴머니즘을 옹호하는 발언을 했고, "자유롭게 생각하고 솔직하게 말해야 한다"라고 주장하면서 종교주의자들과 기독교제일주의자들에게 일침을 가했다.

한번은 한 지인이 다니는 교회 사제가 나에게 "주교에게 연설을 한다는 건 스컹크에게 방귀를 뀌는 것과 같다"라는 말을 했다. 지금 생각해보면 그는 잉거솔의 말을 인용한 것이 아닌가 싶다. 잉거솔은 법을 가르치고 셰익스피어와 남북전쟁으로 황폐해진 국가의 재건, 종교적 행상 행위에 관해 강연했으며, 월트 휘트먼이 극찬을 한 위대한 시인의 장례식에서 추모 연설을 했다. 그는 어떤 난국에서도 적절하게 대처할 수 있는 능력을 지닌 사람 같았다. 밀러 가의 아기 무덤 앞으로 걸어간 잉거솔은 추모 연설을 시작했다.

말로 슬픔을 달래려는 시도가 얼마나 허무한 일인지 잘 압니다. 하지만 저는 모든 무덤에서 두려움을 가져오고 싶습니다. 경이로운 생명의 나무에서는 꽃봉오리와 꽃이 익어가는 열매와 함께 떨어져 내리고 땅 위에서 흔히 보는 침대에서는 가장들과 아기들이 나란히 누워 있습니다. 모든 요람은 우리에게 '어디에서' 왔는지 묻고, 모든 관은 우리에게 '어디로' 가는지를 묻습니다.

이 작은 무덤가에 부서진 심장을 들고 와 계시는 여러분 모두 두려워하지 않으셔도 됩니다. 모든 것 가운데 더 크고 더 고귀한 믿음은, 우리에게 죽음은 최악의 죽음이라고 해도 결국에는 완전한 휴식일 뿐이라고 말합니다.

우리에게 두려움은 없습니다. 우리는 모두 같은 어머니의 자녀들이며, 우리를 기다리는 운명도 모두 같습니다. 우리에게도 우리의 종교가 있습니다. 바로 이런 종교 말입니다. 살아 있는 사람을 돕고 세상을 떠난 사람들에게 희망을 갖는 것 말입니다.

–「한 아기의 장례식에서At a Child's Grave」,
『로버트 G. 잉거솔 산문집』, 중에서

정말로 모든 요람은 우리에게 어디에서 왔는지를 묻고

모든 관은 우리에게 어디로 가는지 묻는다. 우리가 죽은 사람들을 떠나보내는 땅, 불, 늪, 바다 그리고 하늘과 같은 모든 심연은 신앙을 고백하는 우리의 신성한 글을 담는 부화실이다. 때때로 조롱박처럼 생긴 배 모양을 하고 있으며, 몇 센티미터도 안 되고, 호르몬이 관여하고 위대한 본질이 수정시켜 우리 존재의 여정이 실제로 시작된 자궁 안으로 되돌아가기를 바라는 우리 모두의 소망을 실현한 것이다.

어머니의 등을 구부린 것은 비통함이었다. 그 비통함은 어머니의 가장 은밀한 곳, 자궁 속 못자리판 위에 펼쳐져 있던 좋은 토양은 아기가 죽어버림으로써 고통으로 밀려나 텅 비어버렸고, 완전히 굴복해버렸다. 자기 아들이 또 다른 아들을 죽였을 때 이브도 그 어머니와 똑같은 비통함을 느꼈을 것이다. 우리를 이 세상에 내보내는 신비로운 장소를 처음으로 밖으로 드러내 보인 파두아 소녀의 피 묻은 장기를 보았을 때 안드레아스 베살리우스는 경이로움에 휩싸였을 것이다.

우리가 가지고 있는 어휘집을 살펴보면 우리 인간이 느끼는 소리와 감각은 '무덤grave'과 '임신한gravid'이라는 단어가 어원을 공유하고 있다는 것을 알 수 있다. '엄숙함gravitas'도 '중력gravity'도 '은총grace'도 '감사gratitude'도 마찬가지다. 사람의 언어 가운데 가장 분명하게 운율을 맞추고 있는 단어는 '자궁womb'과 '무덤tomb'이다.

"상심은 눈에 보이지 않는 괴로움이다.

다리를 절뚝이게 되지도 않고, 분명한 흉터도 없다.

좋은 주차장 자리나 자유로운 출입을 보장하는 스티커도 발부되지 않는다.

그래도 심장은 마찬가지로 부서진다.

영혼은 곪는다. 이 상처는 치료하지 않으면 치명적일 수도 있다."

- 토머스 린치, 『죽음을 묻는 자, 삶을 묻다』(테오리아, 2019)

옮긴이 김소정

대학에서 생물학을 전공했고 과학과 역사를 좋아한다. 가능한 한 오랫동안 좋은 책을 우리말로 옮기며, 꾸준히 배우고 성장하기를 바란다. 『새들의 천재성』, 『원더풀 사이언스』, 『허즈번드 시크릿』, 『커져버린 사소한 거짓말』, 『내가 너에게 절대로 말하지 않는 것들』, 『비욘드 앵거』, 『악어 앨버트와의 이상한 여행』, 『완벽한 호모 사피엔스가 되는 법』, 『만물과학』 등을 번역했다.

살갗 아래

초판 1쇄 발행 2020년 2월 4일 **초판 2쇄 발행** 2020년 3월 5일

지은이 토머스 린치 외 **옮긴이** 김소정
펴낸이 김종길 **펴낸 곳** 글담출판사 **브랜드** 아날로그

기획편집 이은지 · 이경숙 · 김진희 · 김보라 · 김윤아
마케팅 박용철 · 김상윤 **디자인** 엄재선 · 손지원
홍보 정미진 · 김민지 **관리** 박인영

출판등록 1998년 12월 30일 제2013-000314호
주소 (04029) 서울시 마포구 월드컵로8길 41 (서교동 483-9)
전화 (02) 998-7030 **팩스** (02) 998-7924
페이스북 www.facebook.com/geuldam4u **인스타그램** geuldam
블로그 blog.naver.com/geuldam4u

ISBN 979-11-87147-51-0 (03840)

책값은 뒤표지에 있습니다. 잘못된 책은 바꾸어 드립니다.

이 도서의 국립중앙도서관 출판시도서목록(CIP)은 e-CIP 홈페이지(www.nl.go.kr/ecip)와 국가자료공동목록시스템(www.nl.go.kr/kolisnet)에서 이용하실 수 있습니다. (CIP 제어번호 : 2019053060)

만든 사람들 ————

책임편집 김보라 **디자인** 엄재선 **교정교열** 김은경 **일러스트** 최광렬